꽃처럼 예쁜 그대

당신이 행복하면 ___ 1.

_____ 에게

_____ 드림

노래 영상을 감상하는 방법

1. 스마트폰 카메라 또는 QR코드 앱을 실행한다.
2. 정사각형 모양의 QR코드를 스캔한다.
3. 노래 제목을 누르고 동영상을 즐긴다.

추억으로 가는 당신

주현미 글 │ 이반석 정리

쌤앤파커스

추천사

올해로 35년을 지나고 있는 'KBS 가요무대'의 역사는 주현미라는 가수를 빼놓고 말할 수 없다. 1985년 3월 '비 내리는 영동교'로 가요계에 혜성처럼 나타나 잊혀져가던 우리 전통가요에 새로운 바람을 불어넣은 주현미, 같은 해 11월 4일 'KBS 가요무대'의 첫 막을 올리게 되었고, 그때로부터 긴 시간 동안 주현미는 '가요무대 최다 출연자'로서 나와 깊은 인연을 이어오고 있다.

언젠가 대기실에서 그녀를 만나 우리의 옛 노래들을 지키고 복원하겠노라는 야심찬 계획을 들은 후, 어느덧 100여 곡에 달하는 노래와 그 곡에 담긴 이야기들을 엮어 책으로 출간하게 되었다는 기쁜 소식을 들었다.

주현미의 노래와 그녀가 전하는 노래 속 이야기들이 많은 분에게 신선한 충격과 감동을 주기를 바란다.

'KBS 가요무대' 진행자 김동건

주현미는 참 바쁘다. 트로트 쪽만 해도 충분히 바쁜 것 같은데 어느 날 갑자기 무슨 힙합 가수 ─ 이름은 기억이 안 난다 ─ 와 앨범을 내더니 또 그냥 들어서는 주현미라는 생각이 안 들 정도로 능청스럽게 발라드 곡을 멋지게 불렀다. '가을과 겨울 사이', 나는 주현미의 노래 중 이 곡을 제일 좋아한다. 그러더니 내 앨범 작업에도 흔쾌히 참여해줬다. 정말 바쁘다. 내가 걱정할 건 아니지만 남편이나 애들이 밥이나 제대로 얻어먹는지 모르겠다.

  그런데 또 책까지 낸단다. 무슨 책인지는 모르지만 일단 궁금하다. 이렇게 부지런한 사람들은 대체로 겁이 없다. 그런데 처음에 날 봤을 때 너무 무서웠다고 했다. 순 거짓말이다.

가수 최백호

'KBS 가요무대'를 제작할 때 항상 고민하는 순간이 있다. 어떤 노래를 들려줄 것인지, 그리고 그 노래를 부를 가수로 누구를 섭외할 것인지. 이런 고민의 순간에 주저 없이 선택할 수 있는 가수는 그리 흔하지 않다. 주현미는 망설임이 필요 없는, 그런 드문 가수 중 한 명이다.

그녀의 능력은 뛰어난 가창력에 그치지 않고 그 노래가 지닌 사연과 정서까지도 듣는 이에게 전해준다는 점에서 더 빛이 난다. 누구보다 노래를 잘하는 가수이면서 깊은 감동도 주는 가수다.

2019년 7월 15일 여름 특집으로 준비한 'KBS 가요무대'에서 주현미가 고故 이난영 선생의 '해조곡'을 불렀다. '가요무대'에서 주현미의 얼굴을 만나는 것이야 익숙한 일이지만, 유튜브 채널 '주현미TV'의 형식을 옮겨와 오케스트라 대신 두 명의 반주자와 함께 노래하는 형식으로 제작했는데, 그날 나는 내 인생에서 가장 감동적인 '해조곡'을 듣는 행운을 누릴 수 있었다.

'주현미TV'를 둘러보면 그 많은 우리의 전통가요들을 직접 불러온 그녀의 꾸준함에 감탄하게 되지만, 노래의 탄생과 시대적 배경, 뒷이야기에 더 관심이 가고 흥미를 느끼게 된다. 주현미의 노래를 더욱 특별하게 해주는 힘은 바로 노래에 대한 깊은 이해와 통찰 덕분이라고 생각한다.

'주현미의 노래 이야기'가 책으로 출간된다고 들었을 때 그리 놀랍지 않았다. 잊혀져가는 우리의 전통가요들을 온전히 보전하고 전달하고자 하는 그녀의 노력이 얼마나 깊은지 잘 알기 때문이다.

최근 불어온 소위 '트로트 붐'의 과실만을 노리며 몰려드는 사람들과는 달리, 누군가는 꼭 해야 할 일을 조용히 묵묵하게 해내고 있는 가수 주현미의 진심이 이 책을 통해 보다 많은 사람에게 전해지길 바란다.

'KBS 가요무대' PD 김영식

프롤로그

철들기 전부터 노래를 불렀습니다. 그 노래가 어떤 사연을 담고 있는지도 모른 채 따라 불렀지요. 그렇게 세월이 지나고 인생의 반이 넘는 시간을 '가수'라는 수식어를 이름 앞에 붙인 채 살게 되었습니다. 지난 35년간 과분하리만치 많은 사랑을 받았습니다.

익숙해질 법도 한데 옛 노래들이 어느 날부터인가 새롭게 느껴지기 시작했습니다. '연분홍 치마'가 바람에 날리는 모습을 떠올리고, '남쪽 나라 내 고향'은 어디쯤일까 궁금해지고, 허리춤에 달아주는 '도토리묵'은 어떤 맛일까 생각하게 되었지요. '이제야 그 노래들을 제대로 불러볼 수 있겠구나.' 생각하고 한 곡 한 곡 불러 영상에 담아 올리기 시작했습니다.

이 작은 발걸음이 그동안 제가 받아온 크나큰 사랑에 대한 보답으로는 부족할 것입니다. 하지만 드릴 것이 노래밖에 없는 가수인지라 멈추지 않고 노래했습니다. 어느새 100여 곡, 아직 갈 길이 멀지만 참 많은 분이 좋아해주셨습니다.

"기타와 아코디언만으로 꾸민 밴드다 보니 노래에 몰입하게 되네요.", "소중한 우리의 옛 가요를 듣게 되어 감사합니다.", "격동기의 애환을 담은 노래들이 묻히지 않도록 원곡의 가사와 멜로디를 살리고 그 배경까지 알려주니 고맙습니다.", "어머니가 즐겨 부르던 노래, 남편이 밤새 불러주던 노래…, 추억이 담긴 노래를 다시 들으니 너무나 행복합니다."

저와 여러분의 추억 속에 자리하고 있는 노래들, 여전히 우리를 울리는 그 많은 사연을 기록하다 보니 어느새 책 한 권으로 담을 만큼의 분량이 되었어요. 이 기록이 다음 세대에게 이어지기를 바라는 마음에서 책을 쓰게 되었습니다. 책에는 소중한 우리의 옛 노래들, 그 노랫말에 얽힌 추억과 사연들이 차곡차곡 담겨있습니다.

새로운 일에는 두려움이 앞서지만 여러분들과 이 이야기들을 나누고 싶은 생각에 잠 못 이루는 날들이 많았어요. 이제 '주현미'의 노래가 아니라 '여러분'의 노래가 되어 함께 감상하고 따라 부르며 그 사연들을 되짚어보았으면 합니다.

이 책이 나오기까지 함께한 주현미밴드의 밴드마스터 이반석 씨에게 진심으로 감사의 말씀을 전합니다. 나아가 우리 가요의 역사 속에서 주옥같은 음악을 남겨주신 작사가, 작곡가, 가수 선배님들, 음악을 사랑하는 마음 하나로 고군분투하고 있는 뮤지션 선후배님들, 데뷔 이후 한결같은 마음으로 저를 응원해주는 팬클럽 '아이리스', 유튜브 채널 '주현미TV'를 사랑해주시는 구독자 분들, 또 이 책을 읽고 계실 독자 분들께 머리 숙여 감사와 존경의 마음을 전합니다.

주현미

차례

2장 목이 메일 정도로 사랑했다오

3장 　　어머니의 품을 닮은 노래

4장   추억으로 가는 당신

1장

청춘은
봄 맞더이다

연분홍 치마가
봄바람에…

봄날은 간다 | 1953

"이 노래를 들으면 이루어지지 못한 첫사랑과 내 생애 가장 행복했던 시절이 떠오릅니다.", "어린 시절 장터에 나가 계신 어머님을 그리며 부르던 노래입니다.", "오래 전 고국을 떠나와 멀리 호주에서 살고 있는데요, 이 노래 한 소절, 한 소절에 고향을 그리워하는 마음을 위로받곤 합니다." 유튜브 채널 '주현미TV'를 통해 많은 구독자 분이 이 곡을 신청했습니다.

돌아가신 부모님이나 지나간 청춘을 떠오르게 하는 이 곡, '봄날은 간다'는 6·25전쟁이 휴전으로 멈춘 뒤 슬프고도 암울했던 시기에 탄생했습니다. 아름다운 노랫말 속에 슬픔을 감추고 있어서인지, 시인들이 가장 사랑하는 대중가요의 노랫말로 선정되기도 했지요. 서정적이면서 한이 서린 가사는 지금도 우리의 마음을 아련하게 적셔옵니다.

　가사를 쓰신 손로원 선생님의 일생에 대해서는 알려진 것이 별로 없습니다. 미술을 좋아했던 한 청년이 작사가로서 본격적인 활동을 시작한 것은 1940년대 말이었습니다. 선생님은 어수선한 시국을 피해 조선 팔도를 돌아다니며 그림을 그리고 시를 썼습니다. 젊은 나이에 남편과 사별한 그의 어머니는 아들의 방랑을 이해하면서도 아들을 늘 그리워했다고 합니다. 결국 어머니가 돌아가시기 전 유언처럼 남긴 말이 이 노래의 모티프가 되었습니다.

　"로원이 장가드는 날 나도 연분홍 저고리와 치마를 장롱에서 꺼내서 입을 거야. 내가 열아홉에 시집오면서 입었던 그 연분홍 저고리와 치마를…."

　손로원 선생님은 어머니의 무덤 앞에서 통한의 눈물을 흘리다가 1953년 전쟁 막바지에 어머니에 대한 그리움을 담아 '봄날은 간다'의 가사를 완성하게 됩니다.

　　연분홍 치마가 봄바람에 휘날리더라
　　오늘도 옷고름 씹어 가며
　　산 제비 넘나드는 성황당 길에
　　꽃이 피면 같이 웃고 꽃이 지면 같이 울던
　　알뜰한 그 맹세에 봄날은 간다

새파란 풀잎이 물에 떠서 흘러가더라

오늘도 꽃 편지 내던지며

청노새 짤랑대는 역마차 길에

별이 뜨면 서로 웃고 별이 지면 서로 울던

실없는 그 기약에 봄날은 간다

열아홉 시절은 황혼 속에 슬퍼지더라

오늘도 앙가슴 두드리며

뜬구름 흘러가는 신작로 길에

새가 날면 따라 웃고 새가 울면 따라 울던

얄궂은 그 노래에 봄날은 간다

이 노래를 부른 백설희 선생님은 가수 전영록 선배님의 어머님으로 1950년대 최고의 인기를 누리셨던 분입니다. '물새 우는 강언덕', '아메리카 차이나타운', '청포도 피는 밤' 등의 히트곡을 남겼고, 1953년 작곡가 박시춘 선생님을 만나 최대 히트곡인 이 곡을 발표하게 되지요. 슬프고 허탈한 감정을 체념한 듯 담담하게 풀어내 노래를 더욱 빛나게 했습니다. 긴 세월이 흐르는 동안 후배 가수들에 의해 여러 차례 리메이크되기도 했지요.

아주 오래 전부터 저도 이 노래를 부를 기회가 참 많았습니다.

숱하게 불렀던 이 노래가 이제야 마음속 깊이 다가오는 것 같아
요. 제 노래 중에 '가을과 겨울 사이'라는 곡이 있는데 인생에서 제
가 지금 서 있는 자리가 가을과 겨울 사이처럼 느껴지기 때문일
까요? 젊은 날엔 봄인 줄도 모르고 바쁘게 살았던 저 자신을 돌이
켜보면 이 노래의 가사가 더 애잔하게 다가옵니다.

　제가 가수로 활동하는 동안 백설희 선생님을 무대에서 만날 수
있는 기회가 많았습니다. 지금은 지자체마다 예술회관 또는 문예
회관이라는 이름으로 공연장을 만들기 때문에 지방 공연을 가도
장소가 문제가 되는 일이 적지만 1980~90년대만 해도 사정이
그렇지 않았어요. 지역마다 하나씩 있는 나이트클럽 같은 밤무대
를 제외하고는 공연장이 없었습니다.

　가끔 극장 무대에서 마주친 백설희 선생님은 플라멩코 드레스
를 차려입고 한 손엔 캐스터네츠를 끼고 열정적인 무대를 보여주
셨습니다. '아메리카 차이나타운'이나 '칼멘 야곡' 같은 곡을 부르
실 때는 '봄날은 간다'와는 사뭇 다른 매력을 느낄 수 있었습니다.
무대를 꽉 채우는 에너지가 놀라울 정도였지요.

　연분홍 치마, 새파란 풀잎, 열아홉 시절은 세월 따라 흘러갑니
다. 우리는 그 빛나던 청춘을 슬픈 마음으로 떠나보냈지만, 다시
꽃이 피고 별이 뜨고 새가 날 때를 기다립니다. 봄은 가지만 또다

로원이 장가드는 날 나도 연분홍 저고리와 치마를

장롱에서 꺼내서 입을 거야. 내가 열아홉에 시집오면서 입었던

그 연분홍 저고리와 치마를….

시 봄은 오니까요. 우리 가요 역사에서 중요한 의미가 있는 '봄날
은 간다', 눈을 감고 따라 불러보면 좋겠습니다.

봄날은 간다

눈물이 돌아 번질 것 같은
내 청춘에 대하여

찔레꽃 | 1942

청춘에 대한 이야기를 조금 더 해볼까 합니다. 1940년대 초는 일본의 제국주의가 극에 달하던 때였습니다. 이런 혼돈의 시기에 태평레코드와 〈조선일보〉가 공동으로 주최한 제1회 레코드예술상 신인가수대항 콩쿠르에서 오금숙이라는 젊은 신인 가수가 입상합니다.

콩쿠르의 심사 위원이자 당시 최고의 인기 가수였던 백년설 선생님은 그녀를 양딸로 삼고 '백난아'라는 예명을 주는데요. 백년설 선생님이 보시기에, 그녀의 이미지가 난초같이 청초하고 순수한 느낌이었을까요? 데뷔곡 '오동동 극단'으로 유명세를 타기 시작한 백년설 선생님은 최고의 음악가들이 앞다투어 음반을 취입하려고 욕심낼 정도였으니, 백난아 선생님은 가요계의 신데렐라라고 할 만했습니다. 이미자 선배님은 10세 피난 시절 당시 백난아 선생님의 공연을 보고 가수가 되겠다는 꿈을 품었다고 고백하기도 했지요.

백난아 선생님의 수많은 히트곡 중에서도 '찔레꽃'은 80년에 가까운 세월을 건너, 부모님의 입에서 입으로 전해져 오늘날 우리의 귀에도 낯설지 않습니다. 이 노래는 음반 발매 직후에도 인기를 끌었지만, 6·25전쟁 이후에 더 크게 사랑받습니다. 요즘 말로 차트 역주행이라고 하지요. 원곡의 가사는 우리에게 알려진 가사와 조금 다릅니다.

찔레꽃 붉게 피는 남쪽 나라 내 고향
언덕 위에 초가삼간 그립습니다.
자주 고름 입에 물고 눈물 젖어
이별가를 불러주던 못 잊을 동무야

달 뜨는 저녁이면 노래하던 세 동무
천리객창 북두성이 서럽습니다
삼 년 전에 모여 앉아 백인 사진
하염없이 바라보니 즐거운 시절아

연분홍 봄바람이 돌아드는 북간도

아름다운 찔레꽃이 피었습니다

꾀꼬리는 중천에 떠 슬피 울고

호랑나비 춤을 춘다 그리운 고향아

찔레꽃은 하얀색인데, 어째서 붉게 핀다고 했을까요? 2절의 '천리객창(千里客窓, 고향집을 떠나 먼 곳에서의 고달픈 객지살이)', 3절의 '북간도北間島'라는 가사를 보면 북쪽 타향에서 고향을 그리워하는 마음이 사무쳐 흰 꽃을 붉은 빛으로 표현한 것 같습니다. 1절에서 "못 잊을 사람아."로 알려진 가사는 원래 "못 잊을 동무야."가 맞습니다. 분단 이후 남북의 이데올로기가 서로 대립하며 '동무'라는 어휘가 금기어로 낙인찍혀 수정된 것이지요.

이 노래를 2절로 아는 분이 많은데요. 북간도라는 지명을 가사에서 함부로 다룰 수 없던 시대였기에 3절을 통째로 들어냈습니다. 멜로디가 그 시대의 감성을 표현한다면 가사는 그 시대를 살았던 사람들의 삶을 그려냅니다.

백난아 선생님께서 타계하시기 직전인 1988년 12월 '백난아 히드애상곡십'에서 다음과 같은 인사말을 남겼습니다.

그리운 세월입니다. 풋 복숭아같이 보송보송하던 열다섯

살에 태평레코드 전국 가요콩쿠르에 당선되어 전속 가수
가 된 뒤로 울고 웃던 무대 생활이 어느덧 47년째라니….
생각하면 유리알같이 눈물이 돌아 번져버릴 것 같은 아름
다운 청춘이었습니다.

어느 간이역에 피어난 키 큰 해바라기같이 유달리 외로움
을 잘 타던 내가, 세상 어려움과 싸우면서 헤쳐온 나날들
이 지나간 꿈결처럼 그립기만 합니다.

'망향초 사랑', '아리랑 낭랑', '갈매기 쌍쌍', '오동동 극단',
'찔레꽃', '직녀성', '무명초 항구', '황하다방', '도라지 낭
랑', '아버님 전에', '아주까리 선창', '간도선', '인생극장',
'금박댕기', '낭랑 18세'…. 한 구절 한 구절 외워보는 노래
마다 잃어버린 사연들이, 그리운 얼굴들이 이슬처럼 묻어
납니다. 미운 사람, 고운 사람이 따로 없을 것 같습니다.
무작정 그립고 무작정 만나고 싶을 뿐입니다. (…)

찬바람 불던 식민 치하의 무대에서, 만세 소리 드높던 해방
의 무대에서, 포연이 자욱한 6·25전쟁의 무대에서 뜨겁게,
뜨겁게 성원해주시던 팬들의 박수 소리, 또한 잊을 수가 없
습니다. 아직도 사랑이 많고 아직도 열정이 많습니다. 아직
도 그리움이 많고 아직도 할 일이 많습니다. 팬들이 있고 무
대가 있는 한, 이 생명 다할 때까지 노래할 것입니다.

백난아 선생님께서 무대 뒤편에 서 계시던 모습이 어렴풋이 기억나네요. 늘 한복을 곱게 차려입고 무대에 오르시던 그 모습. 1992년 돌아가시기 전까지 함께했던 무대가 많지는 않았지만 부르시던 노래들은 그대로 남아 곁에 머물고 있습니다.

1990년 MBC가 광복 45주년을 기념해 사할린(러시아 동부에 있는 섬)에서 합동 공연을 기획했습니다. 당시 현지 일정을 함께했던 코디네이터가 짧은 한국어로 저희들을 안내했어요. 그가 가장 좋아하는 한국 노래가 '찔레꽃'이라고 하며, 자신은 추운 사할린에 살고 있어서 남쪽 나라 고향은 따뜻하지 않을까 상상하며 이 노래를 부르곤 한다고요. 그 말에 가슴이 찡해졌지요. 고향의 온기를 그리워하면서 추위와 고통을 감내했을 동포들을 생각하면 마음이 아파요. '찔레꽃'을 부를 때마다 그때 그 사람, 지금은 따뜻하게 지내고 있을지 궁금해집니다.

찔레꽃

소쩍새 울 때만을
기다립니다

낭랑 18세 | 1949

백난아 선생님의 곡 중에는 유난히 '낭랑'이라는 단어가 들어간 노래가 많습니다. '아리랑 낭랑', '도라지 낭랑' 그리고 '낭랑 18세' 까지. 한자로 표기하면 랑랑朗朗, 즉 밝고 명랑하다는 뜻이 되겠네 요. 중국 출신의 세계적 피아니스트도 랑랑朗朗이라는 이름을 쓰고 있습니다.

광복 이후 아직 전쟁이 시작되기 전의 시대적 배경 때문인지 노 래의 분위기는 무척 밝고 즐겁습니다. 그리운 연인을 기다리는 애틋한 마음을 '소쩍새'를 통해 표현하고 있어요.

저고리 고름 말아 쥐고서
누구를 기다리나 낭랑 18세

버들잎 지는 앞개울에서

소쩍새 울 때만을 기다립니다

소쩍궁 소쩍궁 소쩍궁 소쩍궁

소쩍궁 새가 울기만 하면

떠나간 그리운 님 오신댔어요

팔짱을 끼고 돌부리 차며

누구를 기다리나 총각 20세

송아지 매는 뒷산 넘어서

소쩍새 울 때만을 기다립니다

소쩍궁 소쩍궁 소쩍궁 소쩍궁

소쩍궁 새가 울기만 하면

풍년이 온댔어요 풍년이 와요

저는 이 노래를 부르면 토니 올란도 앤드 던Tony Orlando and Dawn 의 '오래된 참나무에 노란 리본을 달아주세요Tie A Yellow Ribbon Round The Old Oak Tree'라는 노래가 떠오릅니다. 어떤 연관성도 없 는데 왜 생각난 것일까요?

이 노래의 주인공은 감옥에서 갓 출소해서 집으로 돌아가는 길 입니다. 사랑하는 사람이 기다리고 있는 고향이지만 3년 만에 가는 자신을 반겨줄지, 외면할지 알 수 없었지요. 출소 전 간절한 마음을 담아 그녀에게 편지를 씁니다. "나를 아직 사랑하고 기다리고 있다면 동네 앞 오래된 참나무에 노란 리본을 하나 달아줘요. 만약 버스 안에서 내가 리본을 발견하지 못한다면 나는 버스에 탄 채로 그대로 지나갈 거예요."

마을 어귀로 들어서는 순간 주인공은 믿지 못할 광경을 보게 됩니다. 참나무에는 셀 수 없이 많은 노란 리본이 달려 있었거든요. 이때부터 노란 리본에는 기다림의 의미가 담기게 되었습니다. '낭랑18세'에 등장하는 소쩍새 또한 기쁨을 가져다주는 존재입니다. 소쩍새가 울면 떠나간 님이 돌아오고 풍년이 찾아온다고 해요.

소쩍새는 올빼미과의 새로 한국, 중국, 러시아에 분포해 있는데, 예로부터 우리나라에서는 소쩍새가 '소쩍 소쩍' 하고 울면 다음 해에 흉년이 들고, '솟적다, 솟적다' 하고 울면 '솥이 작으니 큰 솥을 준비하라.'는 뜻에서 다음 해에 풍년이 온다는 이야기가 있습니다. 여러분에게는 행운을 가져다주는 그 무언가가 있으신가요? 18세 청춘의 추억을 꺼내보며, 우리들 각자의 기억 속에 자리 잡고 있는 행복했던 순간을 떠올려보면 좋겠습니다.

낭랑18세

개나리 우물가에
사랑 찾는

개나리 처녀 | 1958

어느 날 제게 편지 한 통이 왔습니다. 아등바등 먹고살다 보니 어느새 90세를 바라보게 된 어머니에 대한 이야기였어요. 사연을 보내주신 분 기억 속에 어머니는 '개나리 처녀'를 아주 맛깔나게 불렀다고요. 지금은 다리가 성치 않아 집 안에만 지내는 어머니가 부쩍 우울해 하니, 이 노래를 불러주면 어머니가 다시 기운을 차릴 것 같다는 고운 마음으로 노래를 신청하셨지요.

'개나리 처녀'는 우리 어머니 세대가 참 많이 즐겨 부르던 노래입니다. 최숙자 선생님이 17세에 발표한 '개나리 처녀'는 여전히 봄을 내뿜하는 노래지요. 젊다 못해 어리다고 해야 할 만큼 꽃다운 나이의 선생님은 이 노랫말을 어떻게 해석하고 불렀을까요?

개나리 우물가에 사랑 찾는 개나리 처녀
종달새가 울어 울어 이팔청춘 봄이 가네
어허야 얼씨구 타는 가슴 요놈의 봄바람아
늘어진 버들가지 잡고서 탄식해도
낭군님 아니 오고 서산에 해 지네

석양을 바라보며 한숨짓는 개나리 처녀
소쩍새가 울어 울어 내 얼굴에 주름지네
어허야 얼씨구 무정코나 지는 해 말 좀 해라
성황당 고개 너머 소 모는 저 목동아
가는 길 멀다 해도 내 품에 쉬려마

　서정적이고 예쁜 노랫말 속에 당차고 솔직한 처녀의 모습이 엿보입니다. 처녀가 그리워하는 대상이 1절에서는 낭군님이었다가 2절에서는 소 모는 목동으로 바뀌어 있습니다. 봄바람만 불어도 가슴이 싱숭생숭한 이팔청춘의 마음이 그런 것일까요? 이팔청춘은 16세 전후의 청춘을 가리키는 말입니다. 《춘향전》의 이몽룡과 성춘향이 바로 16세였다고 하지요.
　이 노래가 탄생한 1958년에 우리나라는 유례없이 높은 출생률을 기록했습니다. 베이비붐 세대를 대표하는 해가 되어 그 나이를 지칭해 '58년 개띠'라고도 하지요. 실제로 그 해에만 100만 명에 가까운 인구가 태어났다고 합니다. 이제 환갑을 지난 '58년 개띠'들은 농경사회, 산업화사회, 정보화사회를 모두 겪으며 그야말로 변화무쌍한 삶을 살아왔습니다.

그렇다면 1958년을 살아가던 여인의 모습은 어땠을까요? 그 당시에는 우물가에서 물을 긷고 빨래를 했다고 합니다. 이 노래가 실린 앨범의 표지에는 색동저고리를 입은 처녀가 그려져 있어요. 1940년대 말 백난아 선생님이 불렀던 '낭랑 18세' 속 여인의 모습이라든지, 1954년에 발표된 백설희 선생님의 '봄날은 간다' 속 연분홍 치마를 입은 처녀와는 이미지가 사뭇 다릅니다. 전쟁의 슬픔이 채 가시기 전 여인들의 모습과는 다르게 개나리 처녀는 밝은 느낌입니다.

1941년에 출생한 최숙자 선생님의 이름을 아는 분이라면 이미 연세가 꽤 있으실 거라 생각합니다. 1957년에 데뷔하신 이후 '눈물의 연평도'를 비롯해 '모녀기타', '갑돌이와 갑순이' 등의 곡이 사랑받으며 최고의 여가수로 자리매김하지요. 1960년대를 대표하는 신민요 가수로서 백설희, 황정자, 박재란 선생님들과 어깨를 나란히 하며 승승장구합니다.

1964년에는 이미자 선배님의 그 유명한 '동백 아가씨'가 발표되었는데, 애초에 이 곡을 취입하기로 했던 최숙자 선생님의 몸 값이 너무 비싸서 당시 신인 가수였던 이미자 선배님이 대신 취입하셨다는 일화는 유명합니다. 히트곡을 놓쳐 아쉬울 법도 한데 두 분은 돈독한 선후배 관계를 유지하며 1970년대에는 프로젝트 음반을 함께 발표하기도 하지요.

최숙자 선생님의 노래를 듣고 있자면 감탄사가 절로 나옵니다. 어떤 수식어가 필요 없을 정도로 노래를 정말 잘하신다는 생각이 들어요. 1970년대에 들어서면서 신민요라는 장르가 쇠퇴하고 새로운 장르의 음악이 유입되는 과정에서 사실상 신민요는 그 명맥이 끊깁니다.

1930년대에 등장한 신민요는 지금으로 치면 대중가요에 가까웠기에 그 당시에 전통민요를 변질시켰다는 비난을 받았어요. 하지만 트로트와 구별되는 한국 고유의 음악으로서 50여 년간 그 명맥을 이어갔다는 점은 역사적인 측면에서도 시사하는 바가 큽니다. 이제는 전통가요라는 범주 내에서 트로트와 신민요는 구별하는 것조차 의미 없는 시대가 된 것처럼 보입니다.

1977년 미국 캘리포니아로 이민을 간 최숙자 선생님은 2012년 1월 6일 71세를 일기로 돌아가셨습니다. 서민들의 애환과 상처를 달래던 최고의 신민요 가수로 그 이름은 영원히 기억될 것입니다.

추위가 가고 봄이 오면 방송 무대에서 선생님의 '개나리 처녀'를 참 많이 불렀습니다. 1950년대의 청춘도, 2020년대 청춘도 봄바람을 맞으면 마음이 싱숭생숭해지는 것은 매한가지인 것 같습니다. 16세는 지금으로 따지면 중학생이니 사실 처녀보다는 아이에 가깝지요. 어떤 나이든, 어떤 시대든 '그들만의 청춘이 존재했겠구나.' 하는 생각이 듭니다. 완연한 봄기운이 찾아들면 마음까지 들뜨니까요. 이제는 우물가에서 종달새나 소쩍새가 우는 것을 보기가 힘들지만 이 노래를 들으며 살포시 눈을 감고 그 시절 우리의 삶 속으로 들어가보면 어떨까요?

개나리 처녀

밤비 내리는 영동교를
홀로 걷는 이 마음

비 내리는 영동교 | 1985

열 손가락 깨물어 안 아픈 손가락은 없겠지만, 어느 가수든지 데 뷔곡에 대한 애정은 남다를 것이라 생각합니다. 지금의 저를 있게 해준 노래이자 데뷔곡인 '비 내리는 영동교'를 이야기하자면 앞서 발표된 앨범인 '쌍쌍파티'를 짚고 넘어가야겠네요.

1984년에 대학을 졸업한 후 서울시 중구 필동에 한울약국을 개업하고 정식으로 약사의 길을 걷고 있었습니다. 어느 날 작곡가 정종택 선생님께서 저를 찾아오셨어요. 어렸을 때 저를 음악의 길로 인도해준 분이시고, 1975년 중학교 1학년 학생일 때 선생님의 곡들로 앨범을 제작하기도 했답니다. 그렇게 정종택 선생님의 권유로 따라간 녹음실에서는 '쌍쌍파티'를 작업하고 있었는데 원래 노래를 부르기로 예정되었던 조미미 선배님이 못 오시는 바람에 제가 대타로 투입되었지요.

그날 제가 녹음실에 따라가지 않았더라면 가수 주현미의 모습은 상상하기 힘들었을지 몰라요. 그렇게 하루 만에 20여 곡을 부르고 밤늦게 집에 들어가니 가족들은 제가 갑자기 사라졌다고 한바탕 난리가 났었다고 합니다.

얼마 후 남대문시장을 지나던 중 우연히 귀에 익은 목소리가 들려와 걸음을 멈추고 가만히 들어보니 제 목소리가 리어카에서 흘러나오고 있었어요. 장사하던 아저씨는 요즘 유행하는 노래라며 저한테도 사서 들어보라고 하셨지요. 제가 부른 노래라고 설명해주자 못 믿겠다는 말에 그 자리에서 노래를 부르기도 했습니다.

지금이야 디지털 레코딩이 보편화돼서 이메일로 녹음 자료를 주고받는 세상이 되었지만 당시만 해도 테이프에 녹음을 하고, 그것을 잘라서 편집하는 방식으로 앨범을 제작했습니다. 어찌된 영문인지 녹음할 당시에는 저 혼자서 노래했는데 '쌍쌍파티' 음반에서는 남자와 듀엣으로 노래가 나오고 있었어요.

알고 보니 제가 녹음한 뒤에 작곡가 겸 가수였던 김준규 씨가 남자 부분을 불렀고, 당시 오아시스레코드의 연예부장이었던 박성규 선생님이 직접 테이프를 잘라 붙여서 듀엣으로 된 앨범을 만들었다고 합니다.

그렇게 1984년 말 '쌍쌍파티'가 큰 인기를 끌게 되고 오아시스 레코드로부터 신곡 취입을 제안받았습니다. 이듬해 3월에 '비 내리는 영동교', '그 정을 어이해요' 등이 실린 첫 정규앨범을 발표하면서 공식적인 가수로서 활동을 시작하게 되지요.

오아시스레코드의 전속 작곡가로 계셨던 남국인 선생님께서 작곡을, 부인인 정은이 선생님께서 가사를 붙여주신 '비 내리는 영동교'는 3/4박자 왈츠 형태의 트로트 곡으로 서울의 강남 일대가 개발되던 시대의 배경을 담고 있는 노래입니다. 성동구 성수동과 강남구 청담동을 이어주는 영동대교를 소재로 한 곡이에요. 1973년 영동대교가 지어질 당시 '강남'이라는 명칭은 없었고, 한강 아래에 유일하게 개발되어 있던 영등포의 동쪽을 '영동'이라 불렀다고 합니다. 이후 강남 지역이 급속도로 발전하면서 강북의 유흥 문화가 내려와 지금의 형태를 갖추기 시작합니다.

밤비 내리는 영동교를 홀로 걷는 이 마음
그 사람은 모를 거야 모르실 거야
비에 젖어 슬픔에 젖어 눈물에 젖어
하염없이 걷고 있네 밤비 내리는 영동교
잊어야지 하면서도 못 잊는 것은
미련 미련 미련 때문인가 봐

밤비 내리는 영동교를 헤매 도는 이 마음
그 사람은 모를 거야 모르실 거야
비에 젖어 슬픔에 젖어 아픔에 젖어
하염없이 헤매이네 밤비 내리는 영동교
생각 말자 하면서도 생각하는 건
미련 미련 미련 때문인가 봐

가사 내용을 보면 강남의 발전과는 아무런 관계가 없습니다. 연
인과 이별한 여인이 슬퍼하며 밤비 내리는 영동대교 위를 걷고
있는 내용이니까요. 제 노래 '신사동 그 사람'에서도 신사동이라
는 강남의 대표 장소를 다루었기에 이 노래 역시 강남의 이미지
가 더욱 부각된 것 아닐까 추측해봅니다.

'비 내리는 영동교'를 부르면서 제게는 믿지 못할 일들이 벌어
졌습니다. 감사하게도 그해 연말 KBS, MBC에서 여자 신인가수
상을 수상하게 되었지요. 데뷔 앨범을 발표할 때만 해도 얼마 안
가서 가수 주현미는 잊혀질 테니 약국 일을 놓지 않고 병행할 계
획이었어요. 하지만 예상 외로 많은 사랑을 받은 덕분에 3월에 앨
범을 발표하고 그해 9월에 학교 후배에게 약국을 넘겨주고 전업
가수의 길을 걷게 되었습니다.

  그 이후로 참 많은 사랑을 받았습니다. 많은 분들로부터 응원을 받으며 가슴이 벅차올라 잠 못 이루는 나날을 보내다 보니 어느덧 35년이라는 세월이 흘렀습니다. 얼마 전 동해안에서 트럭에 과일을 싣고 장사하는 분께서 "고단한 삶에 위로가 되는 노래를 불러줘서 고맙다."는 말씀을 하셨어요. 말로 다 표현할 수 없을 만큼 감사함을 느꼈습니다. 이 크나큰 사랑에 어떻게 보답할 수 있을까요? 슬플 때는 위로해주고 기쁠 때는 같이 기뻐해줄 수 있는 친구 같은 가수로 기억되고 싶습니다.

희미한 불빛 사이로
마주치는 그 눈길

신사동 그 사람 | 1988

'비 내리는 영동교'로 데뷔한 이후 '울면서 후회하네', '빗물이야', '월악산', '첫정', '눈물의 부르스', '내가 왜 웁니까' 등의 곡들로 활동을 이어가며 바쁜 하루하루를 보냈습니다. 그러던 중 1988년 2월, 결혼이라는 인생의 전환점을 맞게 되지요.

1986년 〈한국일보〉 주최로 여러 가수들이 미주 순회공연을 다니면서 한 버스를 타고 40일간 여정을 함께하다 보니 자연스럽게 친분을 쌓게 되었는데요. 그 당시 조용필 선배님의 밴드 '위대한 탄생'에서 기타를 연주하던 임동신 씨와 가까워졌습니다. 그렇게 님몰래 사랑을 키워가다 결혼하고는 지금에 이르렀습니다.

남편은 기타리스트의 삶을 포기하고 저의 가수 활동을 도와주었어요. 아직도 집 한구석에 놓여 있는 기타를 보고 있으면 남편

에게 참 감사하고 미안한 마음이 듭니다. 본격적으로 제 매니지
먼트 일을 맡으면서 1988년 4월에는 '신사동 그 사람'이 수록된
앨범을 발표하게 되는데요. '비 내리는 영동교', '길면 3년 짧으면
1년', '눈물의 부르스' 등의 노래로 인연을 이어온 남국인, 정은이
선생님께서 저의 새 앨범에 또다시 참여해주셨지요.

　사실 이 앨범을 제작할 때만 해도 '비에 젖은 터미널'을 타이틀
곡으로 하여 활동할 계획이었습니다. 남편의 선견지명이었던 것
일까요. 남편이 강력하게 주장해서 결국 '신사동 그 사람'이 타이
틀곡으로 선정되었고, 그 결정은 혜안이었습니다. 1988년은 저에
게 가장 큰 상들을 안겨준 해가 되었거든요.

　　희미한 불빛 사이로 마주치는 그 눈길 피할 수 없어

　　나도 몰래 사랑을 느끼며 만났던 그 사람

　　행여 오늘도 다시 만날까 그날 밤 그 자리에 기다리는데

　　그 사람 오지 않고 나를 울리네

　　시간은 자정 넘어 새벽으로 가는데

　　아 그날 밤 만났던 사람 나를 잊으셨나 봐

　　희미한 불빛 사이로 오고 가는 그 눈길 어쩔 수 없어

　　나도 몰래 마음을 주면서 사랑한 그 사람

오늘 밤도 행여 만날까 그날 밤 그 자리에 마음 설레며

그 사람 기다려도 오지를 않네

자정은 벌써 지나 새벽으로 가는데

아 내 마음 가져간 사람 신사동 그 사람

경쾌한 폴카 리듬에 따라 부르기 쉬운 멜로디의 '신사동 그 사람'은 어떤 공연에도 빼놓지 않고 부르는 저의 대표곡입니다. 혜은 이 선배님이 1979년에 발표한 '제3한강교'에서는 한남대교 위에서 남녀 간의 사랑을 그리고 있는데, 이 제3한강교 남단을 지나면 바로 신사오거리를 만나게 됩니다. 1970년대에는 강남에 유흥업소를 개업하면 세금을 감면해준다는, 지금 생각해보면 다소 이해하기 힘든 정책으로 강남 투자를 장려했지요. 당시에 강남 개발이 가속화되면서 신사동은 유흥가를 대표하는 장소가 되었습니다.

요즘 젊은 세대에게 신사동이라고 하면 가로수길이 먼저 떠오를 것입니다. 노래 속의 신사동은 이제 역사 속의 한 장면이 되어버렸지만 어떤 세대든 사랑과 이별은 누구나 겪는 일이기에 오랜 시간 동안 많은 분들의 사랑을 받은 게 아닌가 생각해봅니다.

신사동 그 사람

행여 오늘도 다시 만날까

그날 밤 그 자리에 기다리는데

그 사람 오지를 않고 나를 울리네

시간은 자정 넘어 새벽으로 가는데

아 내 마음 가져간 사람

신사동 그 사람 나를 잊으셨나 봐

처녀의 하소연이
물결 속에 꺼져간다

삼다도 소식 | 1952

세월이 지나도 아물지 않는 상처인 6·25전쟁으로 시간을 거슬러 올라가봅시다. 황금심 선생님의 '삼다도 소식'은 제목 그대로 제주도를 배경으로 한 노래입니다. 6·25전쟁이 절정에 달하던 시기에 제주도를 소재로 곡을 만들었다니 다소 의아할 수 있겠지만 시대적, 지리적 배경을 알고 나면 고개가 끄덕여집니다.

　전쟁이 발발하고 우리 국군은 패전을 거듭하며 계속해서 남쪽으로 후퇴합니다. 급기야 낙동강 전선까지 몰린 우리 군은 수많은 전사자가 발생하고 투입할 병력이 턱없이 모자라게 됩니다. 선생에 나가는데 물통만 쥐여주고 싸우라고 할 수는 없는 노릇이기에 급하게 병력을 훈련시킬 만한 장소를 찾지요. 제2차 세계대전 중 일본군이 주둔하다가 항복 후 철수하며 버려진 제주도 남제주군 대정읍의 오무라 병영을 훈련본부로 삼게 됩니다(남제주군은 2006년 제주특별자치도가 출범하면서 서귀포로 귀속됩니다).

1951년 대구에 있던 제25교육연대가 이곳 모슬포로 이전했고, 같은 해 거제도와 제주도에 있던 제3, 5훈련소를 통합하여 육군 제1훈련소가 창설됩니다. 병사들은 이 곳에서 넉 달간 기초 군사훈련을 받고 전장에 투입되도록 계획되었지만 일촉즉발의 전쟁 상황에서 하루이틀 소총을 쏘는 법만 간신히 배우고 육지로 떠나기도 했습니다.

강병대라 이름 붙여진 육군 제1훈련소를 거친 훈련병의 숫자만 해도 1951~56년까지 약 50만 명에 달했습니다. 현재 서귀포 전체 인구가 18만 명이니 얼마나 많은 젊은이들이 이곳을 거쳤는지 짐작할 수 있습니다. 나라를 위해, 가족을 위해 전장의 이슬로 사라져간 우리의 아버지, 할아버지의 한이 서린 곳입니다. 병사들을 실어 나르던 배가 태풍에 발이 묶이고, 보급품이 제때에 도착하지 못해서 끼니를 굶어야 했던 참담한 전쟁사를 떠올리면 가슴이 미어집니다.

휴전 이후 대부분의 부대가 논산 '제2훈련소'(지금의 육군 훈련소)로 옮겨지고, 남은 부대와 시설은 춘천으로 옮겨지면서 우리가 알고 있는 제1야전군 예하의 '102보충대대'가 창설됩니다. 현재

제1군의 102보충대, 제3군의 306보충대는 모두 역사 속으로 사라졌습니다.

다시 1951년의 모슬포로 거슬러 올라가면 그 당시 제1훈련소 장병들을 위해 가수, 배우 등으로 구성된 군예대가 기거하면서 위문공연을 했는데, 이 중에는 황해, 구봉서, 주선태, 박시춘, 유호, 남인수, 황금심, 신카나리아 선생님 등 많은 분이 속해 있었습니다. 아름답고도 서정적인 노래 '삼다도 소식'은 전쟁의 포화 속에서 탄생했지요.

삼다도라 제주에는 돌멩이도 흔한데
발부리에 걷어채는 사랑은 없다더냐
달빛이 새어드는 연자방앗간
밤새워 들려오는 콧노래가 서럽구나
음 콧노래 서럽구나

삼다도라 제주에는 아가씨도 많은데
바닷물에 씻은 살결 옥같이 귀엽구나
미역을 따오리까 소라를 딸까
비바리 하소연이 물결 속에 꺼져간다
음 물결에 꺼져간다

노래에 얽힌 사연을 생각하며 가사를 되뇌어보면 서글퍼집니다. 1절의 "콧노래 서럽구나.", 2절의 "비바리('처녀'의 제주도 방언) 하소연이 물결 속에 꺼져간다."와 같은 표현에 가슴이 찡해옵니다. 이후에 최숙자 선생님이 이 노래를 다시 발표할 때는 1, 2절을 바꾸어 불렀는데, 이것이 큰 인기를 얻어 사람들은 최숙자 선생님의 노래로 착각하고는 가사를 바꿔 부르기도 합니다.

서귀포시 대정읍에 있는 모슬포 근처의 산이물공원에는 '삼다도 소식' 노래비가 세워져 있습니다. 돌, 바람, 여자 세 가지가 많은 섬이라는 뜻의 삼다도 제주의 역사는 그 넉넉함과 고요함 속에 깊은 슬픔을 품고 있는 듯합니다. 2001년 돌아가신 황금심 선배님의 애처롭고 청아한 목소리에서 전쟁의 아픔이 고스란히 묻어납니다.

삼다도 소식

손수건 손에 들고
마음껏 흔들었소

아내의 노래 | 1952

전쟁 중에 발표된 심연옥 선생님의 '아내의 노래'는 신세영 선생님의 '전선야곡'과 함께 발매되며 큰 인기를 얻었습니다. 군인들이 전쟁 중에 즐겨 부르던 가요를 '진중가요'라고 부르는데, 두 곡모두 대표적인 진중가요로 오랫동안 사랑받았지요.

'아내의 노래'는 1948년 KBS의 첫 전속 가수였던 김백희 선생님이 먼저 발표했습니다. 원제는 '안해의 노래'였어요. 원곡의 가사는 전쟁 중에 쓰인 것이 아니라 광복 이후 국군이 창설되던 시기에 만들어졌으니 우리가 알고 있는 '아내의 노래' 가사와는 사뭇 다른 느낌입니다.

당신이 가신 길은 가시밭 골짜기 오나

기어코 가신다면 내 어이 잡으리까
가신 뒤에 내 갈 곳도 님의 길이요
까마귀가 울어도 떨리는 가슴속엔
피눈물이 흐릅니다 피눈물이 흐릅니다

가신단 그때 저는 꿈속에 울었나이다
이 몸은 죽고 죽어 일백 번 고쳐 죽어
넋이야 있든 없든 님 향한 마음
이 세상이 휘돌아 떨리는 가슴속엔
잊을 길이 있으리까 잊을 길이 있으리까

군에 남편을 보낸 아내의 슬픔이 극단적으로 표현되어 애달픕니다. 어느 날 갑자기 월북 작가의 가사가 금지곡으로 지정되면서 이 곡 역시 가사를 바꾸게 됩니다. 우리에게 익숙한 '아내의 노래'는 6·25전쟁이 발발한 후에 유호 선생님께서 다시 가사를 붙인 곡입니다. 한국 1세대 작사가이지 방송작가로서 긴 세월 동안 존경받아온 유호 선생님은 'KBS 가요무대'가 추모 특집방송을 제작할 정도로 가요계에 큰 영향을 미친 인물입니다.

'신라의 달밤', '이별의 부산 정거장', '비 내리는 고모령', '카츄사의 노래', '맨발의 청춘', '님은 먼 곳에' 등 수많은 히트곡을 남기셨지요. 유호 선생님은 1942년 동양화가로 등단한 뒤 1943년에는 극작가로, 1944년에는 서예가로, 1945년에는 경성중앙방송의 국장으로, 1946년에는 시인으로 등단하며 만능 엔터테이너로서 활약하셨는데요.

작사가로서 데뷔한 곡이 1947년에 발표된 '신라의 달밤'이었다고 하니 문학적, 예술적으로 깊은 식견을 가진 분이라는 것을 알 수 있습니다. 선생님께서 전쟁 중에 개사한 내용은 남편을 전장으로 떠나보내는 아내의 노래입니다.

님께서 가신 길은 빛나는 길이었기에
이 몸은 돌아서서 눈물을 감추었소
가신 뒤에 내 갈 곳도 님의 길이요
바람 불고 비 오는 어두운 밤길에도
홀로 가는 이 가슴엔 눈물이 넘칩니다

님께서 가신 길은 영광의 길이었기에
손수건 손에 들고 마음껏 흔들었소
떠나시는 님의 뜻은 등불이 되어
눈보라가 날리는 어두운 밤하늘에
반짝이는 별빛처럼 님의 행복 빛나소서

원래 가사가 떠나가는 남편을 붙잡고 싶은 마음을 표현했다면 유호 선생님이 개사한 곡은 슬픔을 담담히 받아들이는 아내에게서 가련하고 결연한 의지가 느껴집니다. 이 노래는 당시 처자식을 놓고 전장으로 떠났던 수많은 남편들과 그들을 떠나보냈던 아내들에게 큰 위로가 되었습니다. 지금도 해마다 6월 6일 현충일이 되면 어김없이 생각나는 노래 중 하나입니다.

이 노래를 부른 심연옥 선생님은 백년설 선생님과 부부입니다. 1927년 서울에서 출생한 심연옥 선생님은 어린 시절부터 무용을 공부했지만 집안의 반대로 꿈을 접고, 우연히 친구들과 극장 공연을 관람했던 것이 계기가 되어 가수의 길을 걷게 됩니다.

심연옥 선생님은 뮤지컬 '투란도트', '카르멘', '로미오와 줄리엣' 등의 작품에서 주인공으로 이름을 알리게 됩니다. 그러다 전쟁이 발발하며 국내 뮤지컬은 대가 끊기게 되는데요, 이 시점부터 대중가요 가수로서 활동합니다. 그렇게 '아내의 노래'와 '한강'을 발표합니다.

1957년 백년설 선생님과 결혼한 뒤로는 가수로서 활동은 거의 하지 않다가 1979년에 로스앤젤레스로 이민을 떠나고 후에 뉴저지로 이주하셨다는 소식을 들었습니다. 1989년 'KBS 가요무대' 100회 특집을 통해 이 '아내의 노래'를 부르는 모습은 후배 가수

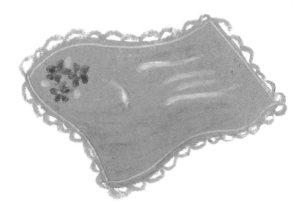

기어코 가신다면 내 어이 잡으리까

가신 뒤에 내 갈 곳도 님의 길이요

까마귀가 울어도 떨리는 가슴속엔

피눈물이 흐릅니다 피눈물이 흐릅니다

들에게 큰 감동을 주었습니다. 이제 90세를 넘겼을 심연옥 선생

님, 어디에서든 늘 건강하고 행복하시길 기도합니다.

아내의 노래

행주치마 씻은 손에 받은
님 소식은

향기 품은 군사우편 | 1954

한국 현대사에서 6·25전쟁과 관련된 노래를 꼽자면 무엇이 먼저 떠오르나요? 시간 순서대로 나열해보자면 전쟁 발발 초기인 1951년, 광복 후 1호 가수인 현인 선생님의 '전우야 잘 자라', 이듬해인 1952년에는 신세영 선생님의 '전선야곡', 금사향 선생님의 '님 계신 전선', 심연옥 선생님의 '아내의 노래', 1953년 현인 선생님의 '굳세어라 금순아' 등의 노래가 발표되었는데요. 여기까지는 전쟁 중에 부른 가요라는 특징이 있습니다.

1953년 7월 27일 휴전협정이 이루어진 이후에 발표된 노래들은 전쟁 당시 겪었던 아픔이나 그것을 극복하기 위해 희망적인 메시지를 담고 있는 곡이 많았습니다. 1954년 유춘산 선생님의 '향기 품은 군사우편'을 시작으로 박단마 선생님의 '슈샨보이', 남인수 선생님의 '이별의 부산 정거장', 박재홍 선생님의 '경상도 아가씨' 등이 대표적인데요. 이 노래들의 공통점은 서구의 신나는 리듬이 도입되어 밝고 경쾌한 느낌을 준다는 것입니다. 휴전으로 전쟁은 멈추었는데 대중가요까지 슬픈 가락을 들려주기보다는 오히려 희망적인 메시지를 주는 것이 낫다는 생각이었겠지요.

그렇게 1954년 라이온레코드를 통해 발표된 '향기 품은 군사우편'은 박금호 작사, 나화랑 작곡의 작품으로 LP판의 A면에는 이 곡이 수록되어 있고, 뒷면에는 '안개 낀 목포항'이라는 곡이 실려 있습니다. 음반으로 발표된 것은 1954년이지만 2년 전에 이미 방송에 나와 입소문이 나 있었습니다. 나화랑 선생님의 작곡 스타일은 후배인 제가 표현하기에는 다소 무례할 수 있지만 '음을 가지고 논다.'는 말이 적당할 것 같아요.

'청포도 사랑', '무너진 사랑탑', '닐리리 맘보', '열아홉 순정', '울산 큰 애기' 등 나화랑 선생님의 곡들을 듣다 보면 가장 한국적인 작곡가로서 우리의 장단과 선율을 참으로 잘 표현하신다는 생각이 듭니다. 나화랑 선생님은 가수 겸 작곡가인 조규천, 조규만, 조규찬 씨의 아버지로, 훌륭한 음악 가문으로 인정받고 있지요.

불행히도 이 노래를 부르신 유춘산 선생님에 관해서는 알려진 바가 거의 없습니다. '향기 품은 군사우편' 외에 '처녀일기', '안개 낀 목포항', '평양성의 울음소리' 등의 노래는 널리 알려져 있지만

1931년 서울에서 출생하고 가수로서 활동한 기록 외에는 이후의
생애에 관해 알 수가 없습니다.

행주치마 씻은 손에 받은 님 소식은
능선의 향기 품고 그대의 향기 품어
군사우편 적혀 있는 전선 편지네
전해주는 배달부가 싸리문도 못 가서
복받치는 기쁨에 나는 울었소

돌아가는 방앗간에 받은 님 소식은
충성의 향기 품고 그대의 향기 품어
군사우편 적혀 있는 전선 편지네
옛 추억도 돌아갔소 얼룩진 한 자 두 자
방앗간의 수레도 같이 울었소

밤이 늦은 공장에서 받은 님 소식은
고지의 향기 품고 그대의 향기 품어
군사우편 적혀 있는 전선 편지네
늦은 가을 창 너머로 떠오는 저 달 속에
그대 얼굴 비치어 방긋 웃었소

예나 지금이나 '군사우편'이라는 직인이 찍힌 편지는 받는 이의 가슴을 뭉클하게 합니다. 군사우편은 그 옛 시절부터 지금까지 가족에게 전하는 군인들의 훈장 같은 흔적으로 기억되고 있습니다. 지금처럼 휴대폰이 대중화되지 않아 통신이 수월하지 않던 옛 시절, 집배원이 전해주는 남편의 군사우편을 받아보는 아내의 마음은 어땠을까요? 부엌일을 하다 달려 나가서 편지를 받아보고는 배달원이 싸리문을 나서기도 전에 눈물을 터트릴 수밖에 없었겠지요.

우리나라 전역에서 흔하게 볼 수 있는 싸리나무 가지를 엮어 만든 대문을 싸리문이라고 부릅니다. 현재는 표준어로 사립문이라고 부르는 것이 맞지만 왠지 싸리문이라는 단어가 더 친숙하게 느껴지네요.

3절로 이루어진 각각의 이야기는 전쟁에 나간 남편의 소식을 기다리는 세 명의 아내가 편지를 받고 기뻐하는 모습을 그리고 있습니다. 부엌일하던 아내, 방앗간에 있던 아내, 공장에서 야근하던 아내…. 시대가 아무리 달라져도 사랑하는 가족을 기다리는 아내의 마음은 같겠지요.

전쟁에 나간 남편과 그를 기다리는 아내는 지금 우리의 아버지, 어머니의 모습이 되었습니다. 유난히 더웠던 1950년의 여름으로부터 70여 년이 지난 지금 우리는 어떻게 살고 있나요? 군사우편을 통해 생사를 확인하고 사랑을 확인했던, 우리 부모님들의 시대가 있었기에 이 노래를 따라 부르는 우리도 존재할 수 있겠지요. 이 땅의 부모님들에게 참 감사한 마음입니다. 모두 같은 마음으로 이 노래를 따라 부르며 향수에 젖어보는 것은 어떨까요.

▶ 향기 품은 군사우편

●

부엌일하던 아내, 방앗간에 있던 아내,

공장에서 야근하던 아내…

남편의 군사우편을 받아보는 아내의 마음은 어땠을까요?

우리 부모님들의 시대가 있었기에

이 노래를 따라 부르는 우리도 존재할 수 있겠지요.

열여덟 딸기 같은
어린 내 순정

소양강 처녀 | 1970

옛 노래를 좋아해주시는 팬 분들은 주로 그 시절, 그 노래를 향유했던 분들이 많습니다. 또는 어렸을 때 부모님이 부르던 노래를 추억하는, 지금은 40, 50대가 된 분들도 많은데요. 한 번은 이런 사연을 받았어요. 아버지가 무뚝뚝하기로 유명한 경상도 남자인데요. 사연을 보내주신 분이 사춘기 시절에 몹시 힘들어했는데 아버지가 단 한 번도 가지 않던 노래방을 딸과 같이 가주셨대요. 그때 '소양강 처녀'를 부르는 아버지가 무척이나 멋있어 보였답니다. 지금은 결혼해서 멀리 떨어져 살다 보니 아버지가 더 보고 싶다고요.

남녀노소를 불문하고 한국인에게 사랑받는 노래 '소양강 처녀'는 1970년 반야월 작사, 이호 작곡, 김태희 노래로 발표되었습니다. 1951년생이신 김태희 선배님이 19세 때 다른 선배님들과 함께 컴필레이션음반(일정한 주제로 곡을 선별해 만든 음반)을 발매했는데, 총 여덟 곡의 수록곡 중 이 노래가 타이틀곡으로 선정되었지요. 이 앨범에는 나훈아, 차중광, 은수란 선배님 등 쟁쟁한 대선배님들의 노래가 실려 있었습니다.

1970년 8월 성음레코드를 통해 발매된 이 앨범, 발매 직후 대박을 예감한 제작진들이 10월에 오아시스레코드를 통해 다시 발표했습니다. 당시 신인 가수로서 큰 인기를 끌고 있던 나훈아 선배님과 함께 찍은 사진을 앨범 재킷으로 실어 홍보 효과를 극대화하려는 마케팅 전략을 짰고 예상은 적중합니다. 10만 장이 넘는 판매고를 올리게 되지요. 김태희 선배님은 이 곡으로 그 해 연말 TBC 신인가수상을 수상합니다.

1992년에는 가수 한서경 씨에 의해 리메이크된 버전이 크게 인기를 끄는데요, 이 해는 한국 전역에 노래방 붐이 일어난 해였습니다. 이 추세와 맞물려 '소양강 처녀'는 대중의 애창곡으로 자리 잡고 1993년에는 대학생들이 가장 좋아하는 가요 1위로 선정됩니다.

이 노래를 부르신 김태희 선배님, 작사가인 반야월 선생님, 작곡가 이호 선생님 외에도 '소양강 처녀'와 관련해서 한 분을 더 소

개하고 싶습니다. 바로 '소양강 처녀'의 주인공으로 거론되는 윤
기순 님입니다.

1968년 서울 을지로에는 '한국가요 반세기가요 작가 동지회'라
는 단체의 사무실이 있었습니다. 윤기순 님은 이곳에서 사무원으
로 일하면서 가수가 될 꿈을 키우고 있었어요. 열정이 넘치는 젊
은 작곡가들은 이 18세의 소녀에게 무료로 레슨을 해주고 도울
길을 찾아주기도 했답니다.

고마움에 보답할 방법을 고민하던 윤기순 님은 한 가지 아이디
어를 생각했는데, 여러 선생님들을 자신의 고향인 소양강에 초대
해 식사를 대접하는 일이었습니다. 그녀의 아버지는 소양강에서
민물고기를 잡는 어부였고, 고향집에서 매운탕과 토종닭을 대접
하며 감사한 마음을 조금이나마 표현하고자 했습니다.

모임의 회장이었던 반야월 선생님은 바다처럼 넓은 소양강에
서 시상을 떠올렸고 그때 느낀 감정을 옮겨 이 노래의 가사를 완
성합니다. 이 가사를 접한 작곡가 이호 선생님은 직접 작곡하겠
다고 자청했고 노래는 당시 가수 지망생이었던 김태희 선배님이
선택되었습니다.

해 저문 소양강에 황혼이 지면
외로운 갈대밭에 슬피 우는 두견새야

열여덟 딸기 같은 어린 내 순정
너마저 몰라주면 나는 나는 어쩌나
아 그리워서 애만 태우는 소양강 처녀

동백꽃 피고 지는 계절이 오면
돌아와주신다고 맹세하고 떠나셨죠
이렇게 기다리다 멍든 가슴에
떠나고 안 오시면 나는 나는 어쩌나
아 그리워서 애만 태우는 소양강 처녀

달 뜨는 소양강에 조각배 띄워
사랑의 소야곡을 불러주던 님이시여
풋가슴 언저리에 아롱진 눈물
얼룩져 번져나면 나는 나는 어쩌나
아 그리워서 애만 태우는 소양강 처녀

　2절까지의 가사는 익숙하지만 3절은 낯설 텐데요. 1997년 춘
천시에서 '소양강 처녀' 노래비 건립을 추진하는 과정에서 반야
월 선생님이 3절을 추가했습니다. 원곡은 2절로 되어 있었지만
원작자의 의도가 반영된 가사이니 정확한 기록을 위해서는 3절

까지 부르는 것이 옳다는 생각이 들어요. 현재 소양강에는 소양
강 처녀상과 노래비가 자리하고 있습니다. 춘천은 관광도시이니
바람 쏘일 겸 한 번쯤 방문하여 소양강 처녀에 관한 이야기에 귀
기울여보는 것은 어떨까요.

소양강 처녀

달래주는 복돌이에
이쁜이는 울었네

앵두나무 처녀 | 1956

'앵두나무 처녀'는 '닐리리 맘보'로 유명한 김정애 선생님의 최대 히트곡입니다. 6·25전쟁이 끝난 이후 암울했던 사회상을 재미있게 담아내어 큰 사랑을 받은 노래인데요. 안정되는 듯하다가도 급변하는 사회에서 먹고살기 힘들었던 시골 젊은이들이 무작정 상경해서 겪은 애환을 그리고 있습니다. 수많은 사람이 연고 없는 서울로 올라오면서 그에 따른 부작용도 속출했는데요. 처녀 총각을 노린 사기꾼들이 극성이어서 순진한 이들은 쌈짓돈을 날리거나 여자는 화류계로 흘러들어가는 일도 많았습니다.

앵두나무 우물가에 동네 처녀 바람났네
물동이 호미자루 나도 몰래 내던지고

말만 들은 서울로 누굴 찾아서
이쁜이도 금순이도 단봇짐을 쌌다네

석유 등잔 사랑방에 동네 총각 맥 풀렸네
올 가을 풍년가에 장가들라 하였건만
신붓감이 서울로 도망갔데니
복돌이도 삼룡이도 단봇짐을 쌌다네

서울이란 요술쟁이 찾아갈 곳 못 되더라
새빨간 그 입술에 웃음 파는 에레나야
헛고생을 말고서 고향에 가자
달래주는 복돌이에 이쁜이는 울었네

얼핏 보면 가볍고 장난기 섞인 가사 같지만, 천천히 가사를 곱
씹어보면 참 슬픈 이야기예요. 물 긷던 처녀, 밭매기하던 처녀들
이 무슨 영문인지 말로만 듣던 서울로 짐을 싸서 떠납니다. 어느
날 동네 처녀들이 사라졌다는 소식에 농사짓던 총각들은 장가를
기껬다는 계획이 물거품이 되고 맙니다. 결국 총각들은 동네 처
녀들을 찾아 서울로 향하지요.

그동안 무슨 일이 있었던 것일까요? 복돌이는 천신만고 끝에

예쁜이를 찾아냈지만 그녀가 에레나라는 이름을 달고 술집 작부로 일하고 있습니다. 복돌이는 그녀에게 다시 고향에 가자고 합니다. 결국 둘은 눈물을 흘리면서 시골로 내려간다는 이야기입니다.

1930~40년대에 태어난 분들이라면 이 이야기에 공감하실 거예요. 이들은 전후 한국 경제의 성장에 가장 큰 기여를 한 세대이지만 그 이면에 존재했던 부작용을 겪은 세대이기도 하지요. 이촌향도離村向都 현상은 1960년대에 들어 더욱 심화되었고 서울의 인구는 기하급수적으로 증가하게 됩니다.

1910년 27만 명에 불과했던 서울의 인구는 일제강점기를 겪으며 1935년 2배에 가까운 40만 명이 되었고, 1936년에는 시 영역을 확장시키면서 72만 명에 달하게 됩니다. 1940년 이후에는 인구가 100만 명을 넘는 대도시로 성장했고, 1963년에 이르러서는 오늘날 서울시의 형태가 갖춰지면서 인구가 300만 명을 넘깁니다.

1960년대 초까지만 해도 지금의 강남 일대는 경기도에 속해 있었고, 내부분 논밭이었습니다. 경기도 광주군, 시흥군의 일부 지역을 서울로 편입시켜 지금의 강남구, 서초구, 송파구, 강동구 등이 형성됩니다. 서울올림픽이 개최된 1988년에는 거주 인구가 1,000만 명이 넘으면서 한국인 네 명 중 한 명은 서울에 살게 되지요.

이 노래를 부른 김정애 선생님은 원래 대구의 공군 비행장에서

●

물동이를 진 아낙네의 모습이

매우 평범한 일상처럼 느껴지던 때가 있었습니다.

우리 부모님 세대가 흘린 땀과 눈물을 떠올리며

이 노래들을 함께 불러보면 어떨까요?

전화 교환원으로 근무하고 있었습니다. 그러던 어느 날 부대에서 개최된 'KBS 노래자랑'이라는 라디오 프로그램을 계기로 가요계에 데뷔하게 됩니다. 6·25전쟁이 끝난 직후의 정서를 반영하듯 '닐리리 맘보'와 '앵두나무 처녀'를 밝고 흥겹게 부르신 김정애 선생님의 목소리는 막막하고 암울했던 시대의 분위기를 위로하는 청량제가 되어주었습니다.

한때는 물동이를 진 아낙네의 모습이 매우 평범한 일상처럼 느껴지던 때가 있었습니다. 보다 나은 삶을 위해 몸부림치며 살아온 우리 부모님 세대가 흘린 땀과 눈물을 떠올리며 오늘 이 노래들을 함께 불러보면 어떨까요?

▶ 앵두나무 처녀

▶ 닐리리 맘보

오라비 제대하면 누이동생
시집보내마

처녀 뱃사공 | 1958

'한국을 대표하는 강'이라고 하면 제일 먼저 어떤 이름이 떠오르
시나요? 수도권의 한강, 충청권의 금강, 호남권의 영산강과 더불
어 영남의 젖줄로 불리는 낙동강이 있습니다. 낙동강은 한강보다
물줄기가 길어요. 이 낙동강의 발원지를 찾아가다 보면 강원도
태백까지 거슬러 올라갑니다.

태백시의 매봉산 천의봉에서 출발하여 경북 봉화군을 지나 안
동시로 흘러간 낙동강은 안동댐을 지나 문경시의 영강을 만나고,
상주시와 구미시, 칠곡군을 지나 성주군, 왜관, 고령군, 대구광역
시를 지나 경상남도로 들어갑니다. 남강과 만난 낙동강은 김해와
양산을 지나면서 방향을 남쪽으로 바꿔 부산광역시로 흘러들어
가지요. 을숙도에 이르러 비로소 바다와 만나게 됩니다.

'처녀 뱃사공'은 낙동강에서 나룻배를 젓는 처녀의 이야기입니
다. 그렇다면 이 처녀는 어떻게 노를 젓기 시작했을까요? 이 이야
기를 들려드리기에 앞서 노랫말을 지으신 작사가 윤부길 선생님
에 대해서 알아보겠습니다. 1912년 충청남도 보령에서 출생한
윤부길 선생님은 작사가라는 수식어보다는 '만능 엔터테이너'라
는 호칭이 더 어울리는 분입니다.

일본에서 음악을 공부하며 기본기를 다진 그는 성악가, 뮤지컬
배우로서의 자질 뿐만 아니라 극작가, 희극인으로서의 면모를 보
여주기도 했습니다. 유쾌한 무대매너 덕분에 '한국 최초의 개그
맨'이라는 칭호를 얻기도 했지요. 작곡가 윤항기, 가수 윤복희 선
생님의 부친이기도 합니다.

윤부길 선생님이 이끄는 유랑극단 '부길부길쑈'는 6·25전쟁이
휴전으로 멈춘 직후 전국을 떠돌며 원맨쇼, 팬터마임으로 유명세
를 떨치고 있었습니다. 함안 지방의 공연을 마치고 지금의 가야
리에서 대산면 쪽으로 이동하던 중 강을 만난 일행들은 나룻배에
몸을 싣습니다. 그렇다면 그들이 건넜던 강은 사실 남강의 악양
지구일 가능성이 더 큽니다. 낙동강을 건너려면 창녕군 방향으로
더 들어가야 하거든요.

어쨌거나 윤부길 선생님은 나룻배에서 노를 젓는 뱃사공이 처

녀라는 사실에 의아해 하고 분명히 사연이 있을 것이라고 생각합니다. 전해지는 바에 따르면 그 뱃사공은 갓 스물이 넘은 박말순 혹은 18세인 박정숙이라는 이름의 자매 중 한 명이고, 둘은 교대로 뱃사공 일을 했다고 해요. 전쟁이 발발한 1950년, 군에 입대해 소식이 끊긴 오빠를 대신해 나그네들을 싣고 강을 건너는 뱃사공이 된 것이지요. 여동생들이 애타게 기다리던 오빠 박기준 씨는 전쟁 중 전사한 것으로 확인되었습니다.

이 안타까운 사연을 듣게 된 윤부길 선생님은 곧바로 노랫말을 만들었고, 한복남 선생님이 곡을 붙였습니다. 거기에 당시 최고의 신민요 가수였던 황정자 선생님이 노래를 불러 '처녀 뱃사공'이 탄생했습니다.

낙동강 강바람이 치마폭을 스치면
군인 간 오라버니 소식이 오네
큰 애기 사공이면 누가 뭐라나
늙으신 부모님을 내가 모시고
에헤야 데헤야 노를 저어라 삿대를 저어라

낙동강 강바람이 앙가슴을 헤치면
고요한 처녀 가슴 물결이 이네

오라비 제대하면 시집보내마

어머님 그 말씀에 수집어질 때

에헤야 데헤야 노를 저어라 삿대를 저어라

낙동강 강바람이 내 얼굴을 만지면

공연히 내 얼굴은 붉어만 져요

열아홉 꽃과 같은 여학생들이

웃으며 서양 말로 소곤거리면

에헤야 데헤야 노를 저어라 삿대를 저어라

　2절의 가사 중 "수집어질 때"라는 말이 낯설게 느껴질 거예요. '수집다.'는 말은 '수줍다.'는 말의 방언으로 아직도 많은 지역에서 이 표현을 쓰고 있습니다. 방언을 표준어로 바꾸는 게 옳을 수 있겠지만, 가사를 고치면 그 의미가 반감된다고 생각해서 저는 원곡의 가사를 그대로 부르기를 좋아합니다.

　이 노래는 당시에 전쟁을 겪고 나서 사랑하는 가족을 잃은 사람들에게 큰 위로가 되었습니다. 1960~70년대에 참 많이 불렸거든요. 가사만 보면 자칫 가벼워 보일 수 있지만, 처녀 뱃사공의 오라버니가 전사해 세상을 떠난 후에 쓰인 곡이라고 생각하며 노래를 다시 들어보세요. 동병상련의 아픔을 가진 이들에게는 구구절절 가슴 아픈 이야기로 다가올 것입니다.

'처녀 뱃사공'은 후배 가수들에 의해 여러 차례 리메이크되었습니다. 그중에서도 1976년 '금과은'이 발표했던 빠른 비트의 곡이 여전히 인기가 좋습니다. '내 나이가 어때서'를 부른 오승근 선배님과 포크가수였던 임용재 선배님으로 이루어진 듀오 '금과은'은 이 노래로 가수상을 수상하기도 했지요. 저 또한 금과은의 노래로 '처녀 뱃사공'을 처음 접했습니다.

저는 무대에서 이 노래를 여러 번 불렀지만 3절의 가사는 참 생소합니다. 1, 2절에서 오빠를 애타게 그리워하는 마음이 표현되었다면 3절에 처녀 뱃사공 자신의 이야기가 담겨 있어요. 또래 친구들은 학교에서 배운 영어로 대화하는데, 처녀 뱃사공은 그들을 배로 실어 나르는 처지니 얼마나 속상할까요. 그 마음을 강물에 흘려보내는 듯한 마지막 구절이 가슴을 저릿하게 합니다. "에헤야 데헤야 노를 저어라. 삿대를 저어라."

이 짧은 가사 안에 갈등과 슬픔이 담겨 있네요. 한창 학교를 다니며 풋풋한 사랑을 시작할 법한 나이에 처녀는 어제도 오늘도 어김없이 오빠를 기다리며 노를 젓고 있습니다.

영남 지역으로 여행을 계획하고 있다면 함안에 잠시 들러 '처녀 뱃사공'의 흔적을 느껴보세요. 중부내륙고속도로나 남해고속도

로를 지나치게 된다면 악양루에 잠깐 차를 세우고 그 시절 노를

저어 이곳을 왕래하던 자매의 슬픈 이야기를 떠올려봅시다.

처녀 뱃사공

또래 친구들은 학교에서 배운 영어로 대화하는데,

처녀 뱃사공은 그들을 배로 실어 나르는 처지니

얼마나 속상할까요.

한창 학교를 다니며 풋풋한 사랑을 시작할 법한

나이에 처녀는 어제도 오늘도 어김없이

오빠를 기다리며 노를 젓고 있습니다.

목숨보다
더 귀한 사랑이건만

님 | 1963

영화의 삽입곡이 히트하는 경우는 아주 많습니다. 하지만 노래를 토대로 영화가 만들어지는 경우는 드문데요. 여기서 소개할 노래 '님'은 가사에 나오는 구절을 제목으로 가져와 '창살 없는 감옥'(1963)이라는 영화로 제작됩니다. 물론 노래 '님'이 영화의 주제곡이 되지요.

노래 속 이야기는 작사가인 차경철 선생님의 경험담입니다. 선생님의 고향은 경상남도 울주입니다. 소꿉친구인 윤희와 함께 국민학교를 다니며 풋풋한 사랑을 키웠어요. 중학교에 입학하면서 떨어지게 된 두 사람은 방학 때마다 만나 서로의 마음을 확인하고 그렇게 세월이 흘러갔습니다. 하지만 당시에는 집안에서 혼사를 결정하는 일이 자연스러웠기에 차경철 선생님의 할아버지는 일찍부터 친구의 손녀를 손자와 혼인시키기로 점찍어두고 있었다고 해요.

두 사람은 괴로워하며 동반 자살을 시도했지만 실패합니다. 차경철 선생님은 슬픈 마음을 가눌 길이 없어 도망칠 방법을 찾다가 결국 자원입대합니다. 입영열차에 오르기 전날 밤, 윤희에 대한 그리움을 적어내려가고 그렇게 '님'의 가사가 탄생했습니다. 이 가사를 부산에 있는 도미도레코드에 보내놓고 입대하지요.

도미도레코드의 사장인 한복남 선생님은 그 노랫말에 멜로디를 입히고 박재란 선생님의 노래로 음반을 취입합니다. 박재란 선생님은 당시 '꾀꼬리 가수', '삼천만의 연인'이라는 칭호를 얻으며 1960년대 우리 가요의 격을 끌어올리는 데 큰 역할을 한 분입니다. 가창력과 미모에다가 뛰어난 곡이라는 삼박자가 모두 갖추어지자 '님'은 그야말로 대히트하게 됩니다.

어느 날 군부대 위문공연차 전방의 한 부대를 찾은 박재란 선생님은 무대에서 예정에 없던 이야기를 꺼냅니다.

신곡 '님'을 들려드리기에 앞서 이 노래의 가사를 써주신 차경철 선생님을 꼭 찾고 싶습니다. 2년 전 입대하면서 이 노래의 가사를 써서 작곡가 한복남 선생님께 보내셨다고 합니다. 예정대로라면 지금쯤 상병이 되셨을 텐데 이 부

대에서 근무하신다는 소문을 들었기에 간곡히 부탁드립
니다.

같은 시간 상병 계급장을 달고 있던 차경철 선생님은 보초 근무
를 서며 벽에 걸린 스피커를 통해 자신의 노래 '님'을 듣게 됩니다.
얼마나 슬프고 애달팠을까요. 노래에 담긴 이 동화 같은 사연은
진심을 담은 노래였기에 우리의 심금을 더욱 울립니다.

목숨보다 더 귀한 사랑이건만
창살 없는 감옥인가 만날 길 없네
왜 이리 그리운지 보고 싶은지
못 맺을 운명 속에 몸부림치는
병들은 내 가슴에 비가 나리네

서로 만나 헤어질 이별이건만
맺지 못할 운명인 걸 어이 하려나
쓰라린 내 가슴은 눈물에 젖어
애달피 울어봐도 맺지 못할 걸
차라리 잊어야지 잊어야 하나

이 노래에 얽힌 이야기에서 격세지감을 느낍니다. 부모가 결혼을 반대해서 헤어지게 되는 연인의 이야기라니. 지금의 청춘들은 이 이야기에 공감할 수 있을까요? 사랑하는 사람들이 어쩔 수 없이 이별해야 한다는 것은 너무 가혹하잖아요.

세월이 지나 사회적인 분위기가 바뀌어 지금은 이런 내용의 노래가 발표될 리는 없을 것입니다. 하지만 노래 속 화자가 가슴 태우며 슬퍼했던 그 사랑의 본질은 시간이 흐른 지금도 변함이 없는 것 같아요.

님

2장

목이 메일 정도로
사랑했다오

광막한 광야에 달리는 인생아

사의 찬미 | 1926

우리나라 역사상 최초로 대히트를 기록한 대중가요 '사死의 찬미讚美'는 발표된 지 100년 가까이 지난 지금도 우리의 귀에 익숙합니다. 드라마, 영화, 뮤지컬, 소설 등을 통해 '사의 찬미'를 부른 윤심덕 선생님에 대한 많은 이야기가 전해지기 때문인데요. 무엇이 그녀를 그토록 기구한 운명으로 끌어들였을까요? 또 그녀가 사망하게 된 배경에는 어떤 이야기들이 숨겨져 있을까요?

한국인이 작사, 작곡한 첫 대중가요로는 1928년에 발표된 '황성옛터'를 꼽을 수 있습니다. 번안곡을 모두 포함한 최초의 대중가요로는 1926년에 제작된 이 '사의 찬미'를 꼽는 사람들도 있지만 "이 풍진 세상을 만났으니"로 시작하는 '희망가'가 1923년부터 불렸다고 하니 최초라는 타이틀은 내려놓아야 할 것 같네요.

이오시프 이바노비치Iosif Ivanovici에 의해 작곡된 '사의 찬미' 원곡은 본래 제목이 '도나우강의 잔물결Donauwellen Walzer'입니다. 루마니아의 작곡가 이바노비치는 군악대에서 근무하며 주로 힘찬 행진곡이나 팡파르 곡을 작곡했습니다. '도나우강의 잔물결' 역시 1880년에 3/4박자의 왈츠로 만들어진 행진곡이었는데, 1926년 윤심덕 선생님이 가요로 발표하면서 느린 템포에 비극적인 느낌이 극대화되었습니다.

광막한 광야에 달리는 인생아
너의 가는 곳 그 어데이냐
쓸쓸한 세상 험악한 고해에
너는 무엇을 찾으려 하느냐

눈물로 된 이 세상에
나 죽으면 그만일까
행복 찾는 인생들아
너 찾는 것 허무

웃는 저 꽃과 우는 저 새들이
그 운명이 모두 다 같구나

삶에 열중한 가련한 인생아

너는 칼 위에 춤추는 자로다

눈물로 된 이 세상에

나 죽으면 그만일까

행복 찾는 인생들아

너 찾는 것 허무

허영에 빠져 날뛰는 인생아

너 속였음을 네가 아느냐

세상의 것은 너에게 허무니

너 죽은 후에 모두 다 없도다

눈물로 된 이 세상에

나 죽으면 그만일까

행복 찾는 인생들아

너 찾는 것 허무

인생이 허무하게 느껴질 만큼 비관적이고 염세적인 내용을 담고 있는 가사입니다. '사의 찬미'에 가사를 붙인 사람이 윤심덕인지, 그녀의 애인인 김우진인지 논란이 계속되는데요. 어느 쪽도 확실한 근거는 없습니다.

1897년 1월 평양에서 출생한 윤심덕 선생님은 가난한 집안의 4남매 중 둘째로 태어났습니다. 그녀의 어머니는 당시 미국인 여의사 홀 부인이 운영하는 광혜원에서 간호조무사로 근무하면서 자연스럽게 서구적인 사고방식을 가지게 됩니다. 넉넉하지 않은 형편이지만 교육에 힘을 쏟았던 어머니 덕분에 윤심덕 선생님은 신학문을 배우며 성장할 수 있었지요. 그렇게 진남포 보통학교와 평양의 숭의여학교를 거쳐 당시 여학교로서는 최고의 학벌로 인식되던 경성의 경성여고보 사범과에 진학하게 됩니다. 경성여고보는 현재 경기여고로 이어져 100년이 넘는 역사를 자랑하고 있습니다.

윤심덕 선생님은 졸업 후에는 당연히 서울(경성)이나 평양의 좋은 보통학교에 교사로 부임될 줄 알았다고 합니다. 그러나 기대와는 달리 총독부의 학무국에서는 그녀를 강원도 원주로 발령 보냅니다. 학창 시절 내내 성적이 우수했던 윤심덕 선생님은 이러한 처분에 화가 났고 과감히 유학을 결심하지요.

평소 노래하는 것을 좋아했던 윤심덕 선생님은 어머니가 일하고 있던 광혜원의 홀 부인이 주선한 기회를 얻어 총독부 관비 유학생으로 일본에 가 동경음악학교 성악과에 입학합니다. 당시 유학생들 사이에서는 윤심덕 선생님과 함께 미술을 전공하기 위해 유학 와 있던 나혜석 선생님이 선망의 대상이었다고 합니다. 훗날 연인 사이로 발전하게 되는 김우진 선생님을 비롯해 홍난파, 마해송, 김기진 등 젊은 인재들과 함께 극단을 꾸려나가면서 성악가로서 자질을 키웁니다.

김우진 선생님은 장성 군수의 아들로 태어나 유복한 가정에서 자랐는데, 어릴 적부터 문학을 좋아해 글 쓰는 것을 즐겼다고 합니다. 집안에서는 구마모토 농업학교로 유학을 보냈지만 몰래 와세다대학 영문과로 학교를 옮겨서는 극단을 꾸려 순회공연을 다닙니다. 서로의 예술적 재능을 알아보고 사랑을 키워나가기 시작한 두 사람은 이루어질 수 없는 사랑이란 것을 알면서도 깊이 빠져들게 됩니다. 김우진 선생님은 이미 결혼해 자식까지 있었기 때문이지요.

이후 윤심덕 선생님은 귀국하며 '조선 최초의 소프라노'라는 타이틀과 함께 엄청난 인기를 누리게 됩니다. 큰 키에 노래 실력도 빼어났던 그녀는 남심을 자극하며 올라가는 무대마다 만원을 이룹니다. 하지만 당시는 지금 우리가 알고 있는 연예계와는 사뭇 달랐어요. 치솟는 인기에도 불구하고 경제적으로 늘 궁핍했습니다. 그 와중에 동생이 미국으로 유학을 떠나게 되면서 경비를 마련해주기로 결심한 그녀는 전속 계약이 되어 있던 일본의 닛또레코드에서 500원을 받고 26곡을 녹음하자는 제의를 수락합니다.

1926년 7월 동생 윤성덕과 함께 녹음하러 일본으로 떠난 윤심덕 선생님은 예정에 없었던 '사의 찬미'를 동생의 피아노 반주에 맞추어 녹음합니다. 7월 26일에는 녹음을 마치고 받은 돈으로 동생을 요코하마 항에서 미국으로 가는 배에 태워 보낸 행적이 확인되었습니다. 그리고 일주일 뒤 충격적인 뉴스가 전해집니다.

윤심덕과 김우진이 시모노세키를 떠나 부산항으로 오는 배 위에서 현해탄으로 몸을 던져 자살했다는 비극적인 소식이었지요. 두 사람의 사랑과 죽음에 대해서는 많은 루머와 추측들이 있었습니다. 타살이라든지, 자살을 위장해 자취를 감추고 어딘가에서 살고 있다든지 사람들의 의혹이 커져만 갔습니다.

어찌되었건 전국을 떠들썩하게 만든 특종을 홍보 수단으로 이용한 닛또레코드는 엄청난 수익을 올립니다. 음반은 물론이고 당시 집 한 채 가격이던 유성기가 품절될 정도였다고 하네요. '사의 찬미'라는 노래가 우리나라 음악사에 미친 영향은 실로 대단했습니다. 사건이 있은 지 1년 뒤인 1927년에는 콜롬비아레코드가 국내에 지사를 설립했고, 이듬해에는 빅터레코드가 국내에 진출하게 되지요. 우리나라 대중가요 음반 산업의 시발점이 되었다고 볼 수 있습니다.

　윤심덕 선생님이 '사의 찬미'를 녹음할 때 자신의 미래를 예견한 것인지 혹은 우리가 알지 못하는 이야기가 숨겨져 있는지는 알 수 없지만, 이 노래를 시작으로 우리 대중가요의 역사가 꽃을 피우게 되었다는 점에서 큰 의의를 가지고 있습니다.

사의 찬미

매일 밤 당신이 오기만을 기다립니다

마포종점 | 1968

은방울자매의 '마포종점'은 당시 변두리였던 마포까지 사람들이 찾아오게 할 만큼 유명한 노래였습니다. 갈대만 무성했던 마포에는 전차가 다녔기 때문에 서민이 많이 살았다고 해요. 서울 도심을 누비려면 지금은 버스나 지하철을 타고 다니지만, 과거에는 배나 전차만 다녔으니까요.

정두수 선생님은 단골 설렁탕집에서 우연히 전해들은 이야기에서 영감을 받아 이 곡의 노랫말을 지었다고 합니다. 가난한 연인이 방세가 싼 마포종점의 한 옥탑방에서 함께 지냈는데요. 남자가 미국으로 유학을 떠나자 여자는 남자를 뒷바라지하다가 어느 날 갑자기 남자의 죽음을 전해 듣습니다. 여자는 실성해서 매일 마포종점에서 연인을 기다리다가 언젠가부터 보이지 않았다고 합니다. 가난한 연인의 슬픈 사랑 이야기지요.

　은방울자매는 사람들이 가족으로 오해하지만 사실은 1937년 생 동갑내기 친구입니다. 2005년 지병으로 돌아가신 '큰 방울' 박애경 선생님과 은방울자매를 탈퇴하면서 미국으로 이민을 가신 '작은 방울' 김향미 선생님은 키 차이 때문에 이런 별명이 생겼다고 해요. 모든 걸그룹 중에서 가장 많은 앨범을 발표한 기록을 보유하고 있어요.

　　밤 깊은 마포종점 갈 곳 없는 밤 전차
　　비에 젖어 너도 섰고 갈 곳 없는 나도 섰다
　　강 건너 영등포에 불빛만 아련한데
　　돌아오지 않는 사람 기다린들 무엇 하나
　　첫사랑 떠나간 종점 마포는 서글퍼라

　　저 멀리 당인리에 발전소도 잠든 밤
　　하나둘씩 불을 끄고 깊어가는 마포종점
　　여의도 비행장엔 불빛만 쓸쓸한데
　　돌아오지 않는 사람 생각한들 무엇 하나
　　궂은 비 내리는 종점 마포는 서글퍼라

1968년에 운행이 중단되어버린 전차, 밤이 되면 보이는 강 건너 영등포의 수많은 공장 불빛, 이제는 서울화력발전소로 명칭이 변경된 당인리 발전소, 1971년에 폐쇄된 여의도 비행장 등 노래 속 가사는 당시의 풍경을 선명하게 보여주고 있습니다. 이제는 나루터를 오가는 배도, 인정 넘치는 새우젓 장터도, 종점을 향해 들어오는 전차도 없지만 현재 마포 어린이공원에 있는 '마포종점'의 노래비가 오고 가는 사람들에게 향수를 불러일으키고 있지요.

'마포종점'을 부르노라면 저는 그 시절의 마포 부둣가에 가 있는 듯한 느낌이 들어요. 이 노래 한 곡만으로 1960년대 마포의 풍경을 떠올릴 수 있다는 것은 여전히 많은 사람이 이 노래에 공감하고 있다는 뜻이 아닐까요? 개인적으로는 은방울자매 선배님들과의 추억이 떠올라 이 노래에 애착이 더 갑니다. 돌아가신 큰 방울 박애경 선생님은 참 따뜻한 분이셨어요.

후배들에게 늘 먼저 인사를 건네시고 무대와 노래에 대해 따뜻한 조언을 해주셨지요. 푸근한 인상에 늘 웃으시던 모습이 떠오릅니다. 탈퇴하신 작은 방울 김향미 선생님에 대한 기억은 없지만, 1982년 은방울자매에 합류하신 오숙남 선배님과는 많은 대화를 나누었습니다. 저를 친동생처럼 자상하게 챙겨주던 분이시지요.

　해마다 가을이면 마포나루에서 새우젓축제가 열리는데요. 번성했던 옛날 마포나루의 모습을 체험할 수 있고 전통 문물들을 직접 만지고 사용해볼 수 있는 다양한 행사가 열립니다. '마포종점'이 불리던 시기로부터 20년가량 거슬러 올라간 모습을 재현해 놓았는데요. 마포나루터에 황포돛배를 띄워놓은 모습도 볼 수 있다고 하니, 그 옛날 마포가 궁금하면 가보는 것도 좋겠습니다.

마포종점

오작교 허물어진
두 쪽 하늘

직녀성 | 1941

해마다 여름이 되면 볼 수 있는 별 '베가^{Vega}'는 동양에서는 '직녀성'이라고 불립니다. 하늘의 목동인 견우와 천제의 손녀인 직녀가 결혼하고 나서 각자의 일을 소홀히 하자, 이에 화가 난 천제는 둘을 은하수 양끝으로 떨어뜨려놓습니다.

　이를 안타깝게 여긴 까치와 까마귀들이 칠월칠석이 되면 다리를 만들어 1년에 한 번씩 만나게 해준다는 견우와 직녀의 슬픈 이야기는 우리에게도 매우 친숙하지요. 백난아 선생님의 '직녀성' 역시 만날 수 없는 님을 그리는 여인의 간절함이 느껴집니다.

　　낙엽이 정처 없이 떠나는 밤에
　　꿈으로 아로새긴 정한情恨 십 년기十年記

가야금 열두 줄에 시름을 걸어놓고
당신을 소리쳐서 불러본 글발이요

오작교 허물어진 두 쪽 하늘에
절개로 얽어놓은 견우직녀성
기러기 편지 주어 소식을 주마기에
열 밤을 낮 삼아서 써놓은 글발이요

시름은 천 가지나 곡절은 하나
정 하나 잘못 주어 헝클은 꿈아
달 한 쪽 걸어놓은 북방길 아득한데
냉수를 기름 삼아 빗어본 참빗이요

  사랑하는 님을 만나기를 고대하며 정이 사무치고 한이 서리는 10년의 세월을 보냅니다. 그 그리움을 글로 적은 여인의 애절함이 한편의 시가 되어 생생하게 전달되지요. 훗날 이 가사는 작사가 박영호 선생님이 월북 작가라는 이유로 금지되면서 반야월 선생님이 개사한 버전으로 1961년 차은희 선생님에 의해 다시 발표됩니다.

낙엽이 소리 없이 떨어지는 밤
꿈으로 아로새긴 정한 십 년기
가야금 열두 줄에 시름을 걸어놓고
열 밤을 불러봤소 님의 그 이름

시름은 천 가지나 곡절은 하나
그 시름 그 곡절에 세월이 갔소
기러기 나래 끝에 전해준 그 사연을
보시나 못 보시나 가슴 졸이네

오작교 허물어진 서쪽 하늘에
까치 떼 불러 불러 다리를 놓아
그리운 우리 님을 건너게 하오리까
칠석날 기다리는 견우 직녀성

어떤 느낌이 드나요? 원곡의 가사에서 우리 고유의 정서가 더 깊이 느껴지는 듯합니다. 지금은 해금되어 두 곡 다 자유롭게 부를 수 있지만 한때 금지되었던 월북 작가들의 작품은 '직녀성' 외에도 매우 많습니다. 그중 상당수는 원작자가 밝혀진 상태이고 노래의 저작권 또한 유족에게 반환된 상태입니다.

●

사랑하는 님을 그리며 성이 사무치고
한이 서리는 10년의 세월을 보냅니다.
그 그리움을 글로 적은 여인의 애절함이
한편의 시가 되어 생생하게 전달되지요.

사실 제가 소개하는 노래들 중에는 제게도 생소한 노래들이 꽤 있어요. 이 노래가 그렇습니다. 얼마 전 'KBS 가요무대' 녹화를 가서 진행자이신 김동건 선생님과 대화를 나눴어요. 제가 전통가요를 다시 부르는 이유와 취지를 말씀드리고 조언을 구하던 중 선생님께서 이 노래를 꼭 듣고 싶다며 신청해주셨습니다.

모든 옛 노래는 그 자체로 훌륭하지만, 어떤 노래들은 우리가 잊고 지냈던 추억이나 아름다운 기억을 실어다주기도 합니다. 저에게는 개인적인 추억이라고 할 것이 없는 노래들도 어떤 이에게는 잊지 못할 감동을 줄 거예요. 제가 어떤 노래도 허투루 해석해 부를 수 없는 이유이기도 합니다.

만나고 싶어도 지금은 만날 수 없는 사람이 있나요? 우리 인생은 흘러가는 구름처럼 참 빨리도 가지만 이 짧은 인생에서도 후회와 번민이 계속해서 우리를 괴롭혀요. 가슴 시리도록 그리운 누군가가 보고 싶을 때 '직녀성'을 함께 불러보면 좋겠습니다. 이 노래를 처음 들어보더라도 가사를 어디선가 본 듯한 느낌이 들 거예요. 노래는 부르다 보면 영원한 생명력을 얻게 되는 것 같습니다.

직녀성

운행이 중단되어버린 전차,
한강 건너에 있던 수많은 공장 불빛,
폐쇄된 여의도 비행장 등 노래 속 가사는
당시의 풍경을 선명하게 보여주고 있습니다.

이제는 마포 나루터를 오가는 배도
인정 넘치는 새우젓 장터도
종점을 향해 들어오는 전차도 없지만
우리의 옛 노래를 부르다 보면
그때의 정서, 그 감정이 고스란히 느껴집니다.

고향에 가시거든
봄소식 전해주소서

이별의 부산 정거장 | 1954

'이별의 부산 정거장'은 무척이나 유명한 노래지만, 슬픈 이야기를 담고 있다는 것을 아는 사람은 별로 없을 거예요. 6·25전쟁 때 부산으로 피난 갔던 화자가 환도열차에 몸을 싣고 부산 정거장에서 이별을 맞이하는 내용인데, 어깨가 들썩거리는 신나는 폴카 리듬은 발랄하기까지 하거든요.

부산을 떠나가는 처절한 슬픔을 극단적으로 표현하기 위한 박시춘 선생님의 음악적 선택이었는지, 아니면 전쟁 직후 피난살이의 고된 삶을 마치고 서울행 열차에 탄 사람들에 대한 희망찬 표현이었는지 알 수는 없지만 이 노래가 우리 역사의 슬픈 한 장면을 생생하게 그려내고 있다는 사실은 분명합니다.

환도 전 부산이 임시수도였던 시절, 부산역은 지금의 자리가 아니라 중앙동 부산무역회관 자리에 있었습니다. 1908년 6월에 착공하여 1910년 10월 31에 준공된 르네상스 양식의 건물이었습니다. 1953년 11월 큰 화재 때문에 중앙동, 동광동, 영주동 일대가 초토화되면서 건물 전체가 소실되고 말았습니다. 1965년에는 구 초량역과 함께 부산진역으로 통합되었다가 1969년 지금의 부산역이 자리한 동구 초량동으로 옮겼습니다. 그렇다면 혼란스러웠던 그 시절의 피난살이는 어땠을까요?

1,000일간 임시 수도였던 부산은 전쟁 직전 약 47만 명이었던 인구가 1·4후퇴 이후 84만 명으로 급증하게 됩니다. 당연히 그 많은 피난민을 수용할 수 있는 시설은 턱없이 부족했고 정부는 그들에게 기껏해야 신분증을 발급해주는 것 외에는 지원해줄 여력이 없었습니다. 수용소를 늘리기는 했지만 많은 사람이 스스로 주거 공간을 마련해야 했지요.

빈터만 보이면 닥치는 대로 판잣집을 지어나가기 시작했고 그마저도 집을 지을 재료가 없어 미군 부대에서 버린 종이박스나 가마니를 주워 왔습니다. 위생 문제, 수도 문제, 교통 문제 또한 피난민들을 괴롭혔지만 가족들이 그서 누워 잘 수 있는 공간만 있으면 더 바랄 것이 없던 상황이었습니다. 당시 신문기사를 보면 이렇게 지어진 집들을 '바라크'라고 썼는데, 군대가 주둔하기 위해 급히 지은 막사를 뜻하는 'baraque'라는 단어를 가져와 사용했던 것 같습니다. 이렇게 서러운 피난살이를 마치고 환도열차에 몸을 싣는 이들의 마음은 어땠을까요? 마냥 후련했을까요?

보슬비가 소리도 없이
이별 슬픈 부산 정거장
잘 가세요 잘 있어요
눈물의 기적이 운다
한 많은 피난살이 설움도 많아
그래도 잊지 못할 판잣집이여
경상도 사투리에 아가씨가 슬피 우네
이별의 부산 정거장

서울 가는 십이 열차에 기대앉은 젊은 나그네
시름없이 내다보는 창밖에 등불이 존다
쓰라린 피난살이 지나고 보니
그래도 끊지 못할 순정 때문에
기적도 목이 메어 소리 높이 우는구나
이별의 부산 정거장

●

흥겨운 리듬에 어깨를 들썩이게 되는

'이별의 부산 정거장'.

가사를 음미하며 부르다 보면

어느새 눈물이 고입니다.

가기 전에 떠나기 전에 하고 싶은 말 한 마디를
유리창에 그려보는 그 마음 안타까워라
고향에 가시거든 잊지를 말고
한두 자 봄소식을 전해주소서
몸부림치는 몸을 뿌리치고 떠나가는
이별의 부산 정거장

1절에서 부산역으로 들어오는 열차의 기적 소리는 이별의 아픔을 대신합니다. 한 많은 피난살이에도 부산 생활에 정들어버린 이들의 만감이 교차하고 있음을 느낄 수 있습니다. 2절에서는 부산에서 맺은 인연에 대한 아쉬움을 노래하고 있는데요.

십이 열차라는 말은 당시 열차에 매긴 번호를 뜻하는데 경부선의 경우 홀수는 하행선, 짝수는 상행선이었습니다. 유추해보면 십이 열차란 부산에서 서울로 가는 여섯 번째 열차가 되겠네요. '도착까지 12시간이 걸려 십이 열차다.', '12개의 객차를 달고 있어서 십이 열차다.'라는 것은 잘못된 정보입니다.

3절은 열차 밖에서 그리운 이를 떠나보내는 부산 사람의 마음을 그리고 있습니다. 피난민들 중에는 혼자서 내려온 미혼 남성들이 많았습니다. 그들이 정착하는 과정에서 자연스럽게 마을이 형성되었고, 그 속에서 여러 사연들이 생겨났을 것입니다.

당감동 아바이 마을, 아미동 무덤 마을, 우암동 피난민 마을 등이 그 당시 피난민들이 만든 마을입니다. 일면식이 없던 사람들이 서로 의지하고 가까워지다가 수도를 서울로 옮기게 되면서 생이별을 해야 했지요. 전쟁은 모든 이에게 육체적으로나 정신적으로나 크나큰 상처를 남겼습니다.

흥겨운 리듬에 어깨를 들썩이면서 부르게 되는 '이별의 부산 정거장'. 가사를 음미하며 부르다 보면 어느새 눈물이 고입니다. '돌아와요 부산항에', '부산갈매기' 등과 함께 부산을 대표하는 노래로 남아 있지만, 품은 이야기가 너무 슬픈 탓에 공식적인 자리나 행사에서는 찬밥 신세가 되었지요. 눈을 감고 그 시절 우리의 아픔을 떠올려보면 이 짧은 노래 한 곡이 마치 드라마 한 편을 본 듯한 감동으로 다가옵니다.

이별의 부산 정거장

목이 메일 정도로
사랑했다오

짝사랑 | 1936, 고복수

50, 60대인 분들에게 '가을' 하면 가장 먼저 떠오르는 노래를 물어보면 고복수 선생님의 '짝사랑'이라고 답하실 거예요. 80년이 지난 지금까지도 많은 이들의 애창곡으로 남아 있을 만큼 오랫동안 사랑받았습니다. 일제강점기와 6·25전쟁을 거쳐 오늘에 이르기까지 전 세대를 아우르는 대표곡으로, 술자리나 모임에 가면 한 명쯤은 어김없이 흥얼거리는 국민가요라 할 수 있지요.

아아 으악새 슬피우니 가을인가요
지나친 그 세월이 나를 울립니다
여울에 아롱 젖은 이즈러진 조각달
강물도 출렁출렁 목이 멥니다

아아 단풍잎 휘날리어니 가을인가요

무너진 젊은 날이 나를 울립니다

궁창을 헤매이는 서리 맞은 짝사랑

안개도 후유 후유 한숨집니다

애초에 '짝사랑'은 3절까지 있었는데, 어느 때부터인가 2절까지만 불리게 됩니다. 1절 가사에 등장하는 으악새의 정체는 아직까지도 갑론을박을 벌이게 합니다. 어떤 이는 으악새를 억새라고 주장하고, 또 다른 이는 왜과릿과의 조류인 왜가리라고 합니다. 억새라고 주장하는 쪽은 으악새가 억새의 사투리라고 보는데, 억새풀이 바람에 흔들려 서로 부비면서 우수수 소리가 나는 것을 표현했다고 주장합니다.

한편 으악새는 평안도 사투리로 왁새라고 하는데, 이 왁새라는 말은 또 왜가리의 사투리로 억새풀이 어떻게 슬피 울었겠냐며 새 울음소리가 맞다고 주장합니다. 어느 쪽이 맞든지 매년 가을이 되면 구슬피 우는 무엇인가가 계절이 바뀌었음을 알려주고 있다는 것이 중요하겠지요.

'짝사랑'은 고복수 선생님의 대표곡입니다. 고복수 선생님은 1934년 손목인 작곡의 '타향'이라는 곡으로 데뷔하자마자 큰 인기를 얻게 됩니다. 나중에 이 곡은 우리가 알고 있는 '타향사리'(타향살이)라는 제목으로 바뀌지요. 선생님은 1935년에 잡지 〈삼천리〉에서 발표한 가수 인기투표 결과에서 남자 인기 가수 3위로 뽑히기도 했습니다.

1939년까지 오케레코드의 전속 가수로서 '사막의 한', '이원애곡', '휘파람' 등의 노래를 불러 인기가 절정에 달합니다. 이후 남몰래 만남을 이어갔던 당대 최고의 스타 황금심 선생님을 따라 소속사를 빅터레코드로 옮깁니다. 1941년에는 황금심 선생님과 혼인하며 희대의 스타 부부가 탄생하지요.

1950년 6 · 25전쟁이 발발하고 북한군에 붙잡혀 의용군으로 끌려갔다가 다시 국군에게 구출되어 군예대에서 활동하게 됩니다. 1957년 서울 명동의 시공관에서 25년의 가수 생활을 정리하는 은퇴 공연을 했고, 1959년에는 동화백화점(현 신세계백화점)에 우리나라 최초의 가요학원인 동화예술학원을 개설합니다. 이 동화예술학원은 훗날 이미자 선배님, 안정애 선생님 등의 인기 가수를 배출합니다. 이후에도 여러 가지 사업을 벌였으나 실패했고, 1972년에 지병으로 돌아가시지요.

이 노래 속의 남성 화자는 떠나간 사랑을 그리워하며 한숨짓는 처량한 모습입니다. 노총각 가수 고복수는 소녀 가수 황금심에게 마음을 뺏겨 소속사까지 옮길 정도로 순정파였는데요. 페이지를 넘기면 황금심 선생님의 '알뜰한 당신'을 소개할게요. 노랫말 속의 지고지순한 여성을 떠올리며 함께 들어보면 좋겠습니다.

짝사랑(고복수)

내가 몰라주면
누가 아나요

알뜰한 당신 | 1936

'알뜰하다.'는 말은 주로 일이나 살림을 정성스럽게 한다는 것을 표현할 때 쓰지만, 다른 사람을 아끼고 위하는 마음이 참되고 지극하다는 뜻도 있습니다. 노래 '알뜰한 당신'이 뜻하는 바는 후자겠지요.

이 곡은 조명암 작사, 전수린 작곡의 작품으로 이부풍 선생님의 작사로 잘못 알려지기도 했습니다. 해방 후 월북 작가들의 작품을 금기시하던 우리나라의 정책으로 인해 '꿈꾸는 백마강', '신라의 달밤', '선창', '알뜰한 당신', '목포는 항구다', '화류춘몽', '고향초', '낙화유수', '진주라 천리길'과 같은 일제강점기의 히트곡들은 작사자의 이름을 바꾸어야 했거든요.

한국의 마리아 칼라스 Maria Callas 라고 불리던 황금심 선생님은 경상도 동래에서 태어나 어린 시절 서울 청진동으로 옮겨 살던 중, 레코드 사 직원의 권유로 10대에 가수 생활을 시작합니다. 본명 황금동에서 황금자라는 예명을 사용하다가 이후에 황금심이라는 이름을 얻게 됩니다. 1936년 '알뜰한 당신'을 음반에 취입하면서 이 앨범은 날개 돋친 듯이 팔려나가 무명의 소녀는 일약 스타덤에 오릅니다.

이 노래가 대히트한 이후 딸의 가수 생활을 반대했던 아버지가 그녀의 머리를 깎고 집에 가두었다고 해요. 고난의 과정을 거치고 나서 결국 빅터레코드의 전속 가수로서 길을 걷게 되는데요. 당대 최고의 레코드 사였던 오케레코드와 빅터레코드가 그녀를 놓고 쟁탈전을 벌였던 이야기는 유명합니다. 우리나라 역사상 최초로 연예인 계약 문제가 법정까지 간 사건으로 남아 있습니다.

황금심 선생님은 '짝사랑'을 부른 고복수 선생님과 백년가약을 맺었는데, 이 또한 순탄치만은 않았습니다. 1940년 극장에서 공연된 악극 '춘향전'에서 각각 이도령과 성춘향 역할을 맡은 두 분은 무대 뒤에서 3년간의 밀애 끝에 결혼합니다. 하지만 고복수 선생님과 혼인하기 전 빈을 낳으라는 아버지의 호통 때문에 황금심 선생님은 몇 번이나 가출해야 했고, 임신 8개월의 몸으로 버틴 끝에 겨우 아버지의 허락을 받아냅니다.

고복수 선생님이 은퇴 후 사업에 실패하고 궁핍한 생활을 했던 말년에도 황금심 선생님의 내조는 지극정성이었고, 1972년 60세의 나이로 고복수 선생님이 세상을 떠날 때까지 한시도 그의 곁을 떠나지 않았다고 합니다. 남편과 사별한 후 황금심 선생님은 홀로 3남 2녀의 자식들을 훌륭하게 키워냈습니다. 그리고 지난 2001년 7월 31일 파킨슨병으로 세상을 떠나셨습니다.

'알뜰한 당신'은 발매 당시는 물론 이후에도 꾸준히 사랑받았습니다. 1959년 1월 23일 자 〈동아일보〉 기사에는 '100만 인에게 불린 흘러간 옛 노래'에 대중이 가장 많이 부른 대중가요 20곡 중 '애수의 소야곡', '왕서방 연서', '나그네 설움' 등과 함께 이 곡이 꼽혔을 정도입니다. 자신의 마음을 알아주지 않는 님을 원망하기는커녕 도리어 알뜰한 당신이라 부르며 애정을 표현하는 가사를 10대였던 황금심 선생님이 기가 막히게 불렀다니 참으로 놀라운 일이지요.

울고 왔다 울고 가는 설운 사정은
당신이 몰라주면 누가 알아주나요
알뜰한 당신은 알뜰한 당신은
무슨 까닭에 모른 체하십니까요

만나면 사정하자 먹은 마음을

울어서 당신 앞에 하소연할까요

알뜰한 당신은 알뜰한 당신은

무슨 까닭에 모르는 체하십니까요

돌이켜보면 전설과도 같았던 황금심 선생님과 같은 무대에서 노래했다는 사실이 꿈처럼 다가옵니다. 여느 날처럼 무심히 올랐던 그 무대가 감사하고 소중하다는 것을 그때는 몰랐습니다. 황금심 선생님이 하늘나라에 가신 지도 벌써 20여 년, 그 빈자리가 허전함을 느낍니다.

존경하고 사랑했던 황금심 선생님을 비롯해 고운봉, 현인, 김정구 선생님 등 큰 별들이 남기고 가신 그 무게만큼 저는 후배들에게 그 무게로 남을 수 있을까 하는 걱정이 앞섭니다. 선배님들이 물려주신 소중한 노래들이 저와 후배 가수들에게 이어질 수 있기를 소망합니다.

알뜰한 당신

마주치는 눈빛이
무엇을 말하는지

짝사랑 | 1989, 주현미

1988년 저의 음악은 새로운 전환점을 맞게 됩니다. 결혼하고 남편의 도움으로 새로운 매니지먼트를 설립하면서 이후 30여 년간 가수로 활동하는 토대를 마련한 것이지요. 초창기 제 히트곡들을 보면 겹치는 장르가 거의 없고, 앨범마다 새로운 리듬의 타이틀 곡으로 활동했습니다.

3/4박자의 왈츠 형태를 띠는 '비 내리는 영동교'를 시작으로 6/8박자 슬로우록(Slow Rock, 블루스 곡을 우리나라에서 부르는 명칭) '울면서 후회하네', 2/4박자 정통 트로트 '월악산', 4/4박자 록 성향의 '첫 정' 등 다양한 장르의 곡들을 찾아볼 수 있습니다.

1988년 발표되는 앨범부터 남편이 프로듀서로 참여하다 보니 보다 새로운 시도를 하게 되었습니다. 폴카 리듬의 '신사동 그 사람'을 과감하게 타이틀곡으로 선정해 큰 인기를 얻은 이듬해에 새로운 곡을 만들기 위해 작곡가 김영광 선생님과 함께 활동 중이던 작곡가 이호섭 씨 두 분을 저희 집에 모셔놓고 곡을 써 달라고 부탁했답니다.

당시 신혼집이 방송국과 가까운 여의도의 서울아파트였는데요. 김영광 선생님께서 좋아하시는 맥주와 땅콩을 방 안에 넣어드리고 곡이 나오기만을 기다렸습니다.

그렇게 태어난 곡이 스윙 리듬의 '짝사랑'입니다. 선생님께서 통기타를 치시며 멜로디를 흥얼거리면 이호섭 씨가 옆에서 오선지에 음표를 받아 적으며 가사를 붙여서 만든 노래입니다. 좁은 방에서 답답할 법도 한데 두문불출하시며 그토록 상큼하고 여성스러운 노래를 만들었다는 것이 신기하기만 합니다.

마주치는 눈빛이 무엇을 말하는지
난 아직 몰라 난 정말 몰라
가슴만 두근두근
이 시린인가봐

해질 무렵이면 창가에 앉아

나는요 어느샌가 그대 모습 그려요

사랑한다고 좋아한다고 말해주세요

눈물만큼 고운 별이 될래요

그대 가슴에

속삭이는 눈빛이 무엇을 말하는지

난 아직 몰라 난 정말 몰라

가슴만 두근두근

아 사랑했나 봐

그대 지나치는 시간이 되면

나는요 어느샌가 거울 앞에 있어요

사랑한다고 좋아한다고 말해주세요

그대 가슴속에 꺼지지 않는 별이 될래요

1942년에 경북 포항에서 출생한 김영광 선생님은 '히트곡 제조기'라고 해도 과언이 아닐 정도로 수많은 노래를 히트시킨 작곡가입니다. 1959년 키보이스의 '정든 배'를 작사, 작곡하며 작곡가로 데뷔한 이후 1960년 신세기레코드의 전속 작곡가로 활동하게 됩니다.

●

그대 지나치는 시간이 되면

나는요 어느샌가 거울 앞에 있어요

사랑한다고 좋아한다고 말해주세요

그대 가슴속에 꺼지지 않는 별이 될래요

1966년 남진 선배님의 '울려고 내가 왔나', 1968년 나훈아 선배님의 '사랑은 눈물의 씨앗', 이수미 선배님의 '여고시절', '내 곁에 있어주', 들고양이의 '마음 약해서', 태진아 선배님의 '거울도 안 보는 여자', 최진희 선배님의 '카페에서' 등을 발표하셨지요. '짝사랑'을 비롯해 저와는 '스카이라운지에서', '잠깐만', '또 만났네요' 등의 곡으로 함께했습니다.

한 가지 에피소드를 더 말씀드리면 '잠깐만'은 제가 선생님께 호텔을 잡아드리고는 곡 작업을 부탁해서 2시간 만에 완성된 곡입니다. 그날 만들어 그날 저녁에 녹음까지 마쳤지요.

가수 주현미를 대표하는 앨범이 무엇이냐고 물으신다면 개인적으로 저의 상징과도 같은 앨범은 '짝사랑'이 수록된 '89주현미'라고 생각합니다. '짝사랑', '어제 같은 이별', '추억 속에서' 등 앨범의 대부분을 김영광 선생님께서 써주셨습니다. 그리고 대중 음악계에서 빼놓을 수 없는 이름이자 남편과 함께 밴드 '비상구'로 활동했던 김기표 선생님이 '상해의 밤', '영동은 지금 두 시 삼십 분' 세 곡을 주셨습니다.

'89주현미' 앨범은 하나부터 열까지 머리를 맞대고 고민하며 만들어낸 작품이었습니다. 여럿이 모여 아이디어를 내고 편곡의 방향을 잡고 차근차근 정리해나갔지요. 이런 작업 방식은 이듬해

발표되는 '90주현미' 앨범까지도 이어졌어요. 그 당시 참 재미있

게 음악 작업을 했던 추억이 있습니다.

짝사랑(주현미)

당신이 얼마나 사랑하는지
나는 알아요

추억으로 가는 당신 | 1991

1990년대에 들어서면서 대중가요는 새로운 국면을 맞이하는데요. 발라드를 중심으로 포크, 록 등 다양한 장르의 음악들이 대거 등장하면서 트로트가 설 곳을 잃게 되었습니다. 저의 새로운 앨범을 준비하던 남편은 큰 고민에 빠졌지요. 트로트 가수인 제가 발라드 앨범을 발표할 수도 없었고, 기존에 제가 부르던 음악과 비슷하게 앨범을 내는 것 또한 쉽지 않은 선택이었으니까요.

결국 프로듀서로서 앨범 제작과 활동을 돕던 남편이 '91주현미' 앨범에서는 작곡가로 변신해 네 곡을 만들어 주었습니다. '짝사랑'에서 '잠깐만'으로 이어지던 김영광, 이호섭 콤비의 역량은 이 앨범에서도 빛을 발했는데요. 수록곡 열 곡 중 여섯 곡을 김영광 선생님이 작곡하시고, 네 곡을 남편 임동신 씨가 작곡해주었습니다. 가사는 모두 이호섭 씨가 지어주었습니다.

'조용필과 위대한 탄생'의 기타리스트이자 밴드 '비상구'에서 활동했던 이력을 가진 제 남편의 곡 '추억으로 가는 당신'은 기존의 제 노래와는 사뭇 다른 색깔을 지니고 있습니다. 트로트를 바탕으로 하되 록의 느낌을 접목시켜 기존의 창법으로는 소화하기 힘든 곡이었습니다.

나는 알아요

당신이 나를 얼마나 사랑하는지

내가 없으면 외로움 속에

조용히 흐느낄 그 사람

떠나야 할 까닭일랑 묻지 말아요

내가 너무 바보였어요

모든 것이 세월 속에 지워질 때면

그땐 내 맘 알게 될 거야

너무도 사랑한 당신

영원히 못 잊을 당신

추억으로 가는 당신

나는 알아요

당신을 떠날 그 날이 내게 온 것을

내가 없으면 외로움 속에

조용히 흐느낄 그 사람

진정 그대 사랑이 필요한 것은

내가 아닌 또 다른 사람

모든 것이 눈물 속에 지워질 때면

그땐 내 맘 알게 될 거야

너무도 사랑한 당신

영원히 못 잊을 당신

추억으로 가는 당신

　남편은 부끄러웠는지 본명이 아닌 임기석이라는 예명으로 이 곡을 발표했고, 지금까지도 제게 가장 의미 있는 곡으로 남아 있습니다. 트로트 침체기였던 시기에 대중들로부터 사랑받을 수 있는 곡을 남편이 만들어준 셈이지요. 그때 저는 노래만 열심히 잘 부르면 되겠다는 생각이었지만, 돌이켜보면 제게 줄 노래를 만드는 작사, 작곡가 분들이 얼마나 큰 중압감을 느꼈을지 미안한 마음도 듭니다.

'추억'이라는 것은 지금 우리의 감정과 상태에 의해 상대적으로 다가오잖아요. 어떤 날은 슬픔으로 찾아오기도 하고, 어떤 날은 기쁨으로 와서 마음을 충만하게 합니다. 이 노래의 제목을 책 제목으로 지은 이유도 우리 저마다의 소중한 추억이 책의 페이지마다 깃들어 있기 때문입니다. '추억으로 가는 당신'은 이별을 노래하지만 제게는 남편과의 애틋함이 담긴 추억이 생각나듯이 말예요. 여러분에게도 듣다 보면 지나간 세월이 주마등처럼 스쳐가는 노래가 있으시죠? 이 노래를 통해 먼 옛날의 추억에 잠겨 위안을 얻어갈 수 있다면 더 바랄 게 없겠습니다.

나는 알아요

당신이 나를 얼마나 사랑하는지

내가 없으면 외로움 속에

조용히 흐느낄 그 사람

떠나야 할 까닭일랑 묻지 말아요

내가 너무 바보였어요

모든 것이 세월 속에 지워질 때면

그땐 내 맘 알게 될 거야

젊은 화가와 아름다운 기생의 사랑 이야기

강남달 | 1929

20세기에 들어서면서 교향악단이나 극장을 찾아가지 않고도 집에서 음악을 들을 수 있는 세상이 되었습니다. 미국에서는 콜롬비아 축음기회사, 빅터토킹 머신컴퍼니 등이 축음기 생산 산업을 주도하기 시작했는데요, 회사의 이름에서도 알 수 있듯 이 회사들은 자연스럽게 음반 제작을 이끄는 회사로 성장합니다. 1925년에는 전기를 이용해 신호를 증폭시키는 축음기가 등장하고, 1937년에는 우리가 알고 있는 스테레오 방식으로 녹음하는 것이 가능해졌습니다.

우리 가요 역사의 시작이 언제부터인지에 대한 대답도 축음기의 발명과 보급 시기에 맞추어 설명할 수 있습니다. 1905년 〈황성신문〉에는 축음기를 판매하는 광고가 실렸고, 1913년에는 〈매일

신보)를 통해 축음기의 대대적인 홍보가 시작됐습니다. 초창기 레코드판 한 장의 가격이 무려 쌀 한 섬 값이었다고 전해지니, 현재 가치로 따지면 수십만 원의 가치가 되겠네요. 축음기의 가격은 무려 집 한 채 가격이었다고 합니다. 그렇게 1920년대 말 우리나라 최초의 창작 가요가 탄생하는데, 바로 '강남달'입니다.

'강남달'은 우리 가요 역사의 시작을 알리는 노래입니다. 19세기 말 갑오개혁을 통해 신분제가 폐지되었지만 사람들의 의식은 하루아침에 바뀌기 어려웠어요. 대중가요는 이 낡은 의식 속에 자연스럽게 파고들었고, 양반들은 가사歌詞와 시조時調 대신 '강남달'을 따라 부르기 시작했습니다. 무대에서 노래하는 것을 천하게 여기던 시절에 '신여성'이라는 새로운 용어가 생기고 이들은 대중가수의 시초가 되었습니다.

'낙화유수'는 1927년 단성사 극장에서 개봉되어 인기를 끈 무성영화의 제목입니다. 이구영 선생님이 감독을 맡고 김서정 선생님이 각본을 맡았습니다. 엄밀히 말해 김서정이라는 이름은 당대 최고의 무성영화 변사로 활약하던 김영환 선생님의 필명으로, 아마도 변사로서의 이름과 펜을 들었을 때의 이름을 구분 짓고 싶으셨던 것 같습니다.

영화의 내용은 경상남도 진주를 배경으로 한 젊은 화가와 사랑에 빠진 기생의 사랑 이야기입니다. 좋은 가문에서 자란 화가인 남자 주인공은 기방에서 기생 춘홍을 만나 사랑에 빠지게 됩니다. 남자 집안의 극심한 반대로 헤어지게 되면서 실연의 아픔을 이기지 못한 기생은 강물에 몸을 던져 자살하게 되지요. 영화 속 슬픈 사랑은 바로 김영환 선생님의 부모님이 겪은 이야기였습니다. 다른 가정으로 입양되어 자란 그에게 출생과 관련된 깊은 상처는 성인이 된 훗날 영화로 탄생됩니다.

강남달이 밝아서 님이 놀던 곳
구름 속에 그의 얼굴 가리워졌네
물망초 핀 언덕에 외로이 서서
물에 뜬 이 한밤을 홀로 새울까

멀고 먼 님의 나라 차마 그리워
적막한 가람 가에 물새가 우네
오늘밤도 쓸쓸히 달은 지노니
사랑의 그늘 속에 재워나 주오

강남에 달이 지면 외로운 신세
부평의 잎사귀에 벌레가 우네

차라리 이 몸이 잠들리로다

님이 절로 오시어서 깨울 때까지

김영환 선생님은 영화의 마지막 장면인 기생이 투신하는 장면
에서 실제로도 오열하며 절규했다고 전해집니다. 영화의 주제곡
은 영화 개봉 2년 후인 1929년에 콜롬비아레코드에서 이정숙 선
생님의 노래로 발매되었는데요, 영화감독 이구영 선생님의 친동
생인 이정숙 선생님은 당대 최고의 동요 가수였습니다. 대중가요
라는 장르가 존재하지 않았던 시기였기에 동요 가수가 대중가수
로 변신했다는 말조차 나올 수 없었어요. "뜸북 뜸북 뜸북새 논에
서 울고"라는 가사로 시작하는 '오빠생각'이 바로 이정숙 선생님
이 부른 노래입니다.

홍난파 선생님께 동요 특별 지도를 받으면서 오빠의 영화 주제
곡인 '낙화유수'를 누구보다 잘 소화했던 이정숙 선생님. 출생년
도는 1910년 정도로 추정되고 서울에서 태어나 중앙대학교의 전
신인 중앙보육학교를 졸업하셨다고 합니다. 아주 멀지만 저에게
는 학교 선배님이라고 할 수 있어요.

사실 이 '강남달'은 제가 태어나기도 훨씬 전에 발표된 노래라
서 저에겐 신카나리아 선생님의 노래로 더욱 익숙한데요. 이정숙
선생님의 '강남달'도 그렇고, 1938년 박단마 선생님의 노래로 발

표되었던 '나는 열일곱 살'도 신카나리아 선생님의 노래로 기억하는 분들이 많을 거라 생각합니다. 실제로 'KBS 가요무대'에서 같은 무대에 설 때만 해도 저는 이 곡들이 신카나리아 선생님의 곡이라고 알고 있었거든요. 훤칠한 키에 언제나 다정하고 여유 있는 모습의 신카나리아 선생님. 생전에 웃으시던 모습을 떠올리며 이 노래를 불러볼까 합니다.

강남달

사나이의
첫 순정

선창 | 1941

1920년 충남 예산에서 출생한 청년 고명득은 17세가 되던 해, 서랍장에서 아버지의 돈을 훔쳐 무작정 상경합니다. 당시 그가 존경하는 가수들이 소속되어 있던 태평레코드에 찾아가 문예부장이었던 박영호 선생님과 작곡가 이재호 선생님을 만납니다.

두 사람은 음악성과 식견을 갖추고 있었기에 곧바로 청년을 태평레코드의 전속 가수로 채용하고, 그에게 운봉이라는 예명을 지어주었습니다. 곧바로 그들은 3개월간의 순회공연에 돌입하지요. 그렇게 가수 고운봉 선생님이 탄생합니다. 신인이었던 선생님의 입장에서는 큰 행운이었고 꿈같았을 것입니다. 1939년 '국경의 부두'로 정식 데뷔를 하고, 1940년 '남강의 추억'으로 인기 가수의 반열에 오르게 됩니다.

당시 고운봉 선생님을 눈여겨보던 오케레코드의 이철 사장은 그해 가을에 선생님에게 스카우트를 제의합니다. 이철 사장의 예감이 적중한 것인지, 이듬해 여름 무더위 속에서 발표된 '선창'은 엄청난 히트를 기록합니다.

울려고 내가 왔던가 웃으려고 왔던가
비린내 나는 부둣가엔 이슬 맺은 백일홍
그대와 둘이서 꽃씨를 심던 그날도
지금은 어데로 갔나 찬비만 내린다

울려고 내가 왔던가 웃으려고 왔던가
울어본다고 다시 오랴 사나이의 첫 순정
그대와 둘이서 희망에 울던 항구를
웃으며 돌아가련다 물새야 울어라

'선창'이 나온 때는 우리 국민들이 일제강점 하에 식민 통치를 받으며 야만적 수탈행위와 참혹한 악행을 견뎌내던 시기였어요. 그 피폐한 시대를 견뎌내면서도 사랑하는 이들을 만나기 위해 찾아간 부둣가에는 쓸쓸히 찬비만 내리지요. 이 노래는 당시 지식인들에게 널리 사랑받던 노래입니다. 노래 속 화자가 선창가를 걸으며 헤어진 연인을 회상하는 내용이 행복했던 과거를 그리며 조국을 빼앗긴 식자들의 마음을 위로해주었던 것 같습니다.

작사가 조명암 선생님과 작곡가 김해송 선생님은 이후에 모두 월북하여 활동했기 때문에 우리나라에서는 다른 이의 이름으로 노래가 등록되어 있습니다. 2000년 고운봉 선생님의 고향인 충남 예산군 덕산 온천에 '선창'의 노래비가 세워졌고, 선생님은 이듬해에 노환으로 세상을 떠났습니다.

저를 포함해 많은 동료 가수들이 가장 존경하는 선배 가수로 고운봉 선생님을 꼽습니다. 저에게는 개인적으로 남녀 가수를 통틀어 가장 허물없이 지냈던 선배님이기도 하지요. 공교롭게도 동료 남자가수들은 고운봉 선생님께 단 한 번이라도 혼나지 않은 사람이 없을 정도로 선생님은 잘못한 부분에 대해서 엄격하기로도 유명했어요. 말 한 마디, 행동 하나에도 진심을 담으셨고, 후배 가수들을 친동생, 친조카처럼 잘 돌봐주시던 모습이 아련하기만 합니다.

선창

상처 주고 얄밉게
떠난 님아

배신자 | 1969

'배신자'를 부른 가수가 배호 선배님이라고 아는 분들이 많은데,
이는 잘못 알려진 사실입니다. 결론부터 말씀드리자면 배호 선배
님은 이 노래를 취입한 적이 없습니다. 1969년 발매 당시 '배신자'
의 원래 제목은 '사랑의 배신자'였어요.

　이 곡을 배호 선배님의 노래로 오해할 만한 것이, 작곡가 김광
빈 선생님이 배호 선배님의 외숙부인 데다 도성 선배님과 배호
선배님을 모두 데뷔시킨 장본인이거든요. 게다가 이 노래가 실린
앨범 또한 옴니버스 형태로 발매되어 도성, 배호 선배님의 노래
가 함께 실렸습니다. 음반을 직접 사서 들으셨던 분들조차 자세
히 들여다보지 않으면 오해할 여지가 있었지요.

　1971년 온 국민을 충격에 빠트리며 29세의 나이로 숨을 거두

신 배호 선배님에 대한 많은 이들의 그리움 때문일까요? 오늘
날까지도 '배신자'는 술자리에서 빠질 수 없는 애창곡이 되었고,
배호 선배님의 노래로 더 알려지게 되었습니다. 도성 선배님은
1980년대까지는 가수로서 또 작곡가로서 활동하셨다는 이야기
를 얼핏 들은 적이 있지만 최근 행적에 대해서는 알려진 바가 없
어 지금은 어떻게 지내시는지 알 수가 없네요.

알밉게 떠난 님아 알밉게 떠난 님아
내 청춘 내 순정을 뺏어버리고
알밉게 떠난 님아
더벅머리 사나이에 상처를 주고
너 혼자 미련 없이 떠날 수가 있을까
배신자여 배신자여 사랑의 배신자여

알밉게 떠난 님아 알밉게 떠난 님아
내 청춘 내 행복을 짓밟아놓고
알밉게 떠난 님아
더벅머리 사나이에 상처를 주고
너 혼자 미련 없이 돌아서서 가는가
배신자여 배신자여 사랑의 배신자여

우리의 전통가요들이 주로 슬픔을 속으로 참아내며 이별을 담담하게 받아들이는 내용인 것에 반해 '배신자'는 제목 그대로 떠나간 사람에 대한 원망을 가득 담아 배신자라고 직설적으로 표현합니다. 그 당시에는 다소 파격적인 가사였지요. 제목부터 가슴을 아리게 만드는 탓에 수많은 이별 노래 중에서도 이 노래가 술자리 애창곡이 된 것 아닐까요.

상처받은 사나이들은 자신의 마음을 잘 대변해준다 생각했을 테고, 마음이 울적해질 때마다 술 한잔 마시고 이 노래를 부르면서 시련의 아픔을 토로한 것 같습니다. 그동안 배호 선배님이 부른 줄로 알고 따라 불렀다면 도성 선배님의 나지막한 저음을 떠올리며 '배신자'를 함께 불러보면 어떨까요?

배신자

운다고 아니 가고
잡는다고 머물쏘냐

무정한 그 사람 | 1969

'무정한 그 사람'은 '마포종점'과 같이 은방울자매를 대표하는 곡입니다. 큰 방울 박애경 선생님과 작은 방울 김향미 선생님은 같은 밀양 출신으로 함께 노래 공부를 하며 가수의 꿈을 키웠습니다. 그러던 어느 날, 김향미 선생님이 '동백 아가씨'를 작곡한 백영호 선생님에게 오디션을 보고 1959년 '기타의 슬픔'이라는 곡을 받아 데뷔합니다. 가수로서 각자 활동을 이어가던 중 1961년 두 분은 부산의 바닷가를 거닐며 산책하던 중 듀엣을 결성해보자는 의견을 나누게 되지요. 이렇게 은방울자매가 탄생합니다.

1962년 서울 시민회관에서는 코미디언, 배우, 가수들을 총망라한 '프린스쇼'라는 프로그램이 개최되었는데, 은방울자매는 여기에 출연해 많은 관심을 받게 됩니다. 지금의 세종문화회관 자리에 있던 시민회관은 1961년에 지어져 1972년 화재로 소실될 때까지 서울에서 개최되는 거의 모든 문화행사를 담당했어요.

은방울자매의 노래는 정통 트로트에 당시 유행하기 시작한 팝을 접목시켰습니다. 노래에 기교가 많다 보니 한 사람이 멜로디가 조금이라도 어긋나면 듣기에 거슬릴 텐데 두 분의 목소리는 마치 한 명이 부르는 듯 완벽한 호흡을 보여주었습니다.

'무정한 그 사람'은 이별 앞에서 어쩔 수 없이 슬퍼하는 여인의 독백입니다. 은방울자매의 곡은 유난히 바다나 포구를 소재로 한 노래들이 많은데, 이 노래 역시 가사를 보면 '고동 소리', '파도 소리'와 같은 단어들이 등장합니다.

반야월 선생님이 이 노래의 가사를 쓸 무렵인 1960년대 초반에 공연 때문에 전국 각지, 그중에서도 바다를 끼고 있는 도시를 방문할 일이 많았다고 합니다. 이 노래를 작곡한 송운선 선생님 또한 부산 출신이지요.

> 떠나갈 사람 앞에 헤어질 사람 앞에
> 섰는 님이 울고 있네
> 운다고 아니 가고 잡는다고 머물쏘냐
> 가야할 길이라면 말 없이 보내리다

고동 소리 징 소리가

내 가슴을 때려놓고 매정하게 떠나가는

무정한 그 사람아

온다는 기약 없이 간다는 인사 없이

정든 님이 울고 있네

가는 맘 보내는 맘 그 심정은 일반인데

어이해 이다지도 서러운 이별 길에

바람 소리 파도 소리

내 가슴을 찢어놓고 야멸차게 떠나가는

정 없는 그 사람아

　1세대 작곡가이신 송운선 선생님은 저와도 많은 작업을 함께 하셨는데요. 1985년 발표한 앨범에서 '님아 가지 말아요', '타인의 정' 등 거의 모든 곡을 만들어주셨습니다. 2011년 다문화가정을 돕기 위해 발표한 '주현미의 러브레터' 앨범에서는 정풍송, 김영광, 장욱조, 정주희 선생님 등 한국을 대표하는 트로트 작곡가 열 분이 참여해주셨는데, 송운선 선생님은 제게 '한국을 사랑해요'라는 곡을 주셨지요.

　'무정한 그 사람'은 저와도 인연이 깊은 노래예요. '쌍쌍파티'

1집 앨범의 첫 번째 곡으로 수록된 곡이거든요. 당황스러울 정도로 많은 분들이 사랑해주셔서 지금도 그때의 기억이 머릿속에 생생하게 남아 있답니다. 따지고 보면 주현미가 부르는 노래를 대중적으로 알리게 된 첫 번째 곡이지요. 그 당시에 제 노래를 아끼고 사랑해주셨던 분들, 특히 운전하시면서 제 노래를 즐겨 들으셨다던 분들에게 참으로 감사드립니다.

노래들을 찾다 보면 그 시절의 풍경이 눈앞에 펼쳐지고, 그 시대를 관통해 살고 있는 우리의 모습이 물에 비치듯 투영되곤 합니다. '무정한 그 사람'은 제가 소개하는 곡 중에서 비교적 최근 곡이지만 벌써 50여 년이 흘렀네요. 무정했던 그 사람에 대한 서로다른 추억들을 꺼내보며 이 노래를 함께 감상하면 좋겠습니다.

무정한 그 사람

3장

어머니의 품을 닮은 노래

빛바랜 이야기 속 나의 어머니

비 내리는 고모령 | 1948

1993년 8월 'KBS 가요무대'에서 파독 30주년을 기념하며 독일 교민을 위한 위문공연을 떠난 적이 있습니다. 저에게는 첫 독일 행이기도 했고 둘째를 출산한 지 한 달이 채 안 되어 떠나는 먼 여정이었기에 두려움 반, 기대 반으로 가득한 공연이었지요.

카스트로프-라욱셀Castrop-Rauxel이라는 도시의 오이로파 할레Europa Halle에서 만났던 수많은 파독 근로자들과 가족들의 모습이 아직도 생생하게 기억납니다. 공연을 마치고 생경한 표정으로 숙소 주위를 둘러보던 저에게 현인 선생님과 최희준 선생님께서 다가오셨어요. 먼저 인사를 건네는 깃조차 설레뙤시는 않을까 싶을 정도의 대선배님들이라 몸 둘 바를 몰랐지요. 저도 데뷔 10년을 앞둔 시기였지만 선생님들에게 비하면 그야말로 햇병아리 가수였거든요. 같은 무대에 서는 날이면 리허설하시는 모습을 몰래 지켜보던 생각이 납니다.

"독일은 처음이지? 여기까지 왔으니 흑맥주 한잔해야지?"

호텔 로비에서 저희 부부에게 흑맥주를 사주시면서 따뜻한 얘기를 건네던 현인 선생님의 모습이 생생합니다. 그 당시 연세가 70대 중반임에도 불구하고 정말 멋진 신사 중의 신사였지요. "해방 전 남인수, 해방 후 현인"이라는 말이 있을 정도로 우리의 가요 역사에서 빼놓을 수 없는 분입니다.

현인 선생님의 '비 내리는 고모령'은 'KBS 가요무대'에서 가장 많이 불렸던 노래 순위에서 '울고 넘는 박달재'와 '찔레꽃'에 이어 3위를 차지했습니다. 2001년 이 노래의 무대가 되는 대구 고모령에는 노래비가 세워졌는데, 노래비의 뒷면에는 "고향에 대한 그리움과 어머니를 향한 영원한 사모곡으로 널리 애창되기를 바란다."는 글이 새겨져 있습니다.

고모령顧母嶺은 어머님을 돌아보는 고개를 뜻합니다. 자식을 그리워하는 어머니들의 한이 담긴 장소라고 할 수 있지요. 일제강점기에 고향을 등지고 징용돼 타향으로 끌려가야 했던 자식을 그리워하며 걸음마다 뒤를 돌아보게 되었다는 슬픈 이야기가 전해집니다.

어머님의 손을 놓고 돌아설 때엔
부엉새도 울었다오 나도 울었소
가랑잎이 휘날리는 산마루턱을
넘어오던 그날 밤이 그리웁구나

맨드라미 피고 지고 몇 해이던가
물방앗간 뒷전에서 맺은 사랑아
어이해서 못 잊느냐 망향초 신세
비 내리는 고모령을 언제 넘느냐

눈물 어린 인생 고개 몇 고개더냐
장명등이 깜빡이던 주막집에서
손바닥에 쓰린 하소 적어가면서
오늘 밤도 불러본다 망향의 노래

　1절은 어머님을 떠나는 아들의 슬픔을, 2절은 헤어진 연인에
대한 그리움을, 3절은 고향을 떠난 애달픔을 그리고 있습니다. 굳
이 싱별을 놓고 보자면 이 노래는 남사 분들이 참 많이 좋아하고
즐겨 부르는 노래라는 생각이 들어요. 1절의 가사를 공감하는 분
들이 많을 텐데, 징용에 끌려가며 어머님과 이별하는 남자의 슬

품을 감히 제가 이해한다고 하면 그 시절을 겪었던 분들께 죄송한 마음이 들 것 같아요.

발표된 지 70여 년이 지난 이 노래가 아직도 많은 사람으로부터 공감을 얻는 것은 그 시절을 직접 겪었거나, 그 아픔을 간직한 채 노래를 부르시던 우리 부모님의 모습이 기억 속에 남아 있기 때문이겠지요. 강산을 몇 번이나 바꿀 만큼 세월은 흘러갔지만 부모님에 대한 사랑, 옛 사랑의 아련한 추억, 떠나온 고향에 대한 그리움은 아직도 우리를 눈물짓게 합니다.

이 노래를 즐겨 불렀던 이들 가운데, 고모령이 어딘지 아는 분들은 많지 않을 것 같습니다. 대구 수성구 만촌동에 있습니다. 고모역은 1925년에 간이역으로 시작해 1970년대까지 많은 사람이 이용하는 기차역이었으나, 2006년 문을 닫은 후 지금은 '비 내리는 고모령'을 기념하는 박물관으로 리모델링되어 지나는 사람들을 위한 휴식 공간으로 운영되고 있습니다. 대구에 갈 일이 있다면 한번 들러보면 어떨까요?

비 내리는 고모령

부두로 들어오는 귀국선을 바라보며

귀국선 | 1946

아기들은 옹알이하는 시기를 거쳐 더듬더듬 말을 익히다 보면 어느새 귀동냥으로 듣던 노래들을 따라 부르게 되지요. 노래는 부지불식간에 우리 인생 속으로 스며듭니다. 저에게도 그렇게 노래는 자연스럽게 삶의 한 부분이 되었고, 초등학생이던 12세 무렵 정식으로 노래를 배울 기회가 찾아옵니다. 친척 어르신의 소개로 만난 노래 선생님이 바로 '귀국선'을 부르신 이인권 선생님입니다.

1980년 오아시스레코드가 안양으로 본사 사옥을 이전하기 전까지, 청계6가에 위치한 레코드 사는 당시 가수들의 등용문이었습니다. 오아시스레코드의 역사는 1952년 6·25전쟁으로 거슬러 올라가는데요. 창립자 봉철 선생님은 지인들과 동업 형태로 레코드 사를 설립합니다. 초창기에는 명국환, 김정구, 이난영 선생님

등의 음반을 출시했는데, 1958년 회사가 경영 악화로 부도 위기에 놓이자 자신이 돈을 빌린 친구에게 당장 갚을 수 있는 상황이 안 되니, 회사를 인수해달라고 요청합니다.

그렇게 가요계의 '미다스의 손' 손진석 사장님이 대표로 취임하게 되고, 부도 직전까지 갔던 회사는 하루가 다르게 성장합니다. 서울대 사범대를 졸업한 수재였던 손진석 사장님은 특유의 리더십과 경영 수완으로 가요계 최고의 실력자로 부상하지요. 1960~80년대에 한국 가요계를 양분했던 지구레코드와 오아시스레코드의 대결 구도는 흡사 1930년대 오케레코드와 태평레코드를 떠올리게 합니다.

1973년, 제가 기억하는 오아시스레코드는 청계6가 평화시장 2층 건물에 있었는데, 사무실 옆으로는 학교 교실처럼 번호가 붙은 방들이 죽 이어져 있었습니다. 각각의 방들에는 당시 활동 중이던 작곡가 선생님의 이름이 붙어 있었고, 지정된 선생님께 노래를 배울 수 있도록 피아노가 갖춰져 있었습니다. 그렇게 저는 이인권 선생님의 '7교실'에서 수업했는데, 당시 선생님께서 너무 바쁜 일정으로 직접 지도하지 못하는 상황이 생겨 정종택 선생님을 소개받게 되었지요. 제 인생의 아주 큰 인연이 그때 시작됐습니다.

이인권 선생님은 1919년 함경북도 청진 출생으로 청진상업학교를 졸업한 후 상경해서 여러 레코드 사를 돌아다니며 가수의 꿈을 키웠습니다. 1938년 오케레코드에서 발표한 박시춘 작곡의 '눈물의 춘정'으로 가요계에 발을 내딛고 1940년 '꿈꾸는 백마강'을 통해 스타 가수로 자리매김합니다.

1943년 이후에는 중국 텐진과 베이징 등지에서 위문공연을 했는데, 이때 일본군에 협조했다는 혐의를 받아 텐진에서 감옥살이를 하고 1946년 귀국하게 됩니다. 암울했던 일제강점기를 살아낸 선생님의 기구한 삶을 노래로 승화시킨 것일까요? 가수로 활동하면서 음악 이론을 틈틈이 공부해 작곡, 편곡에도 참여하기 시작합니다. 해방 직후인 1946년에는 이재호 선생님이 작곡한 '귀국선'을 불러 유명세를 치릅니다.

1940년대 초반부터 광복 전까지는 흔히 대중가요의 암흑기라고 부릅니다. 일제의 감시 하에 발표되는 노래들은 군국가요가 대부분이었고 심지어 1944년에는 우리말 말살 정책까지 발효되며 대중가요가 사라지는 듯했어요. 암울한 시기에도 몇몇 노래들은 입에서 입으로 전해지며 국민들에게 위로를 주었는데 앞서 언급한 '먼시 없는 수박', '나그네 설움', '찔레꽃'이 그렇습니다.

1945년 일본 제국주의의 무조건 항복이 선언되면서 광복의 기쁨을 표현한 노래들이 쏟아져 나오기 시작했습니다. 그중 손로원

작사, 이재호 작곡의 '귀국선'이 대표적인 작품이고 광복가요로
불리게 되지요. 실제로 이 노래는 발표되자마자 사랑받았지만 기
술적인 문제로 1949년이 되어서야 오리엔트레코드를 통해 발매
됩니다.

돌아오네 돌아오네 고국산천 찾아서
얼마나 그렸던가 무궁화 꽃을
얼마나 외쳤던가 태극 깃발을
갈매기야 웃어라 파도야 춤춰라
귀국선 뱃머리에 희망은 크다

돌아오네 돌아오네 부모 형제 찾아서
몇 번을 울었던가 타국살이에
몇 번을 불렀던가 고향 노래를
칠성별아 빛나라 달빛도 흘러라
귀국선 고동 소리 건설은 크다

돌아오네 돌아오네 백의동포 찾아서
얼마나 싸웠던가 우리 해방을
얼마나 찾았던가 우리 독립을

흰 구름아 날아라 바람은 불어라

귀국선 파도 위에 새 날은 크다

해방과 함께 타향살이를 하던 우리 동포들이 귀국선에 올라 조국으로 돌아오는 장면이 생생하게 그려집니다. 일본, 동남아 등지로 징용되어 끌려간 사람들, 독립운동을 위해 상해나 만주로 망명했던 사람들이 조국을 찾아 돌아왔습니다. 당시 신문기사를 보면 헤드라인이 "멀리 중국에서 징병, 학병, 지원병으로 나갔던 우리 동포들이 귀국선 편을 기다리고 있다."는 내용입니다. 작사가인 손로원 선생님은 부산에서 부두로 들어오는 귀국선을 바라보며 이 노래의 가사를 적어내려갔다고 하네요.

이 노래가 발표될 무렵만 해도 남과 북에 전쟁이 터지리라고 상상도 못했겠지요. 곧 다가올 민족상잔의 비극을 예측하지 못한 채 국민들에게 위로와 희망을 주었던 노래입니다. 음악적으로는 수년간 일본의 음계를 차용하여 발표된 일본식 가요의 형태를 벗어나 우리의 선율과 리듬에 맞추어 만든 작품이라는 것에 의의가 있습니다.

시간이 흘러 6·25선생이 말말하고 이인권 선생님은 결혼 후 대구에 살면서 가수였던 아내와 함께 위문공연을 다닙니다. 그러던 중 날아온 포탄에 의해 부인이 목숨을 잃게 됩니다. 아내를 잃은 슬픔을 담아 직접 작사, 작곡해 발표한 '미사의 노래'가 크게 사랑받는데요. 이후 선생님은 가수뿐만 아니라 작곡가로서도 활발한 활동을 보여줍니다. 송민도 선생님의 '카츄사의 노래', 최무룡 선생님의 '외나무 다리', 현인 선생님의 '꿈이여 다시 한 번', 이미자 선배님의 '살아 있는 가로수', 조미미 선배님의 '바다가 육지라면' 등 많은 히트곡을 작곡했지요.

존경하는 이인권 선생님이 1973년 가을 심장마비로 갑작스럽게 세상을 떠나셨을 때, 음악계의 많은 선생님을 비롯해 저 역시 큰 충격을 받았습니다. 깔끔한 모습의 신사 같은 선생님의 생전 모습은 이렇게 노래로 남아 마음속에 울림을 줍니다.

온몸으로 나라를 지켜낸 우리의 할아버지, 할머니, 아버지, 어머니의 한 맺힌 눈물이 있었기에 작금의 우리가 존재할 수 있는 것 아닐까요? 항구에 도착하는 배 안에서 가족을 향해 기쁨의 환성을 외치는 그분들의 맑은 눈빛을 떠올리며 이 노래를 불러보고 싶습니다.

▶ 귀국선

남쪽 나라 십자성은
어머니 얼굴

고향 만리 | 1949

1940년대 말, 일제강점기가 지나고 평화가 찾아올 것이라는 우리의 염원과는 달리 세상이 둘로 나뉘어 이데올로기가 첨예하게 대립합니다. 우리의 대중가요도 수난 시절을 겪습니다. 노랫말은 감시의 대상이 되었고 작가들은 정부의 눈치를 보며 노래를 만들었어요. 이러한 분위기 속에서 탄생하게 된 현인 선생님의 '고향 만리'는 1947년에 만들어져 1949년에 발표됩니다.

1946년 박시춘 선생님을 만나 가수의 길을 걷게 된 현인 선생님은 '신라의 달밤'으로 가요계에 파란을 일으키며 데뷔합니다. 광복 이후 최초의 대중가수로서 최고의 인기를 누리며 '굳세어라 금순아', '비 내리는 고모령', '서울야곡' 등의 히트곡을 발표합니다. 현인 선생님의 음악과 인생에 대해서는 아무리 길게 말해도

모자라지만 그중에서 '고향 만리'는 1940년대에 만들어진 노래
라고는 믿기 힘들 만큼 세련된 곡이어서 소개하고자 합니다.

> 남쪽 나라 십자성은 어머님 얼굴
> 눈에 익은 너의 모습 꿈속에 보면
> 꽃이 피고 새도 우는 바닷가 저 편에
> 고향산천 가는 길이 고향산천 가는 길이
> 절로 보이네
>
> 날이 새면 만나겠지 돌아가는 배
> 지나간 날 피에 맺힌 꿈의 조각을
> 바다 위에 뿌리면서 나는 가리다
> 물레방아 돌고 도는 물레방아 돌고 도는
> 내 고향으로
>
> 보르네오 깊은 밤에 우는 저 새는
> 이역 땅에 홀로 남은 외로운 몸을
> 알아주어 우는 거냐 몰라서 우느냐
> 기다리는 가슴속엔 기다리는 가슴속엔
> 고동이 운다

남쪽 나라 십자성, 즉 남십자성이라 부르는 별자리는 우리나라에서는 보이지 않습니다. 북위 30도 이남에서만 보이는 별자리라서 노래 속 화자는 강제로 징용돼 남쪽 나라에서 별을 바라보며 어머님을 그리워하고 있지요. 실제로 태평양전쟁 당시 수많은 젊은이들이 필리핀, 보르네오, 수마트라 등 먼 타향으로 끌려가 전쟁의 두려움과 고향에 대한 그리움으로 고통스럽게 살아가야 했습니다.

'고향 만리'의 주인공은 일본이 태평양전쟁에서 패망한 뒤 고국으로 돌아가는 배를 기다리며 기쁨에 찬 마음을 노래로 부르고 있습니다. 이 노래는 1960년대 월남전이 발발하고 우리나라에서 많은 군인들을 파병시키면서 다시 한 번 큰 인기를 얻게 됩니다. 월남에 파병된 우리 부대 중 '십자성 부대'(제100군수사령부)가 있었다고 하네요. 자연스럽게 우리 군인들은 '고향 만리'를 부르며 향수를 달래곤 했답니다. 아버지, 삼촌, 오빠들이 목 놓아 고국을 그리며 부르던 노래, 타국에서 고향을 그리는 심정을 어찌 다 헤아릴 수 있겠냐마는 이 노래를 통해 그분들을 잊지 않도록 해요.

고향 만리

불러봐도 울어봐도
못 오실 어머님을

불효자는 웁니다 | 1940

'불효자는 웁니다'를 다시 부른다고 하니 참 많은 분이 좋아하셨습니다. 어떤 분은 5세에 어머니를 잃고 지금 중년의 나이가 되었는데 흐릿하게 기억나는 어머니의 얼굴이 이 노래만 들으면 더욱 사무치게 그립다고 합니다.

또 어떤 분은 효도하겠다고 돈을 끌어 모아 가게를 차렸는데 결국 빈털터리가 되어 부모님을 뵐 면목이 없다고 고백했어요. 이 노래만 들으면 부모님이 생각나 가슴이 먹먹해진다고요.

광복 이전에 '어머님'이란 단어가 들어간 노래는 몇 곡 되지 않았음에도 1940년에 발표된 진방남(반야월 선생님의 예명 중 하나) 선생님의 '불효자는 웁니다'는 세월이 흘러도 우리의 눈물샘을 자극하는 애달픈 사모곡思母曲으로 남았습니다.

실제로 진방남 선생님의 초기 녹음 레코드를 들어보면 슬픔이
섞인 목소리를 그대로 들을 수 있는데요. 녹음하러 일본에 갔던
선생님은 그곳에서 어머님이 돌아가셨다는 전보를 받습니다. 스
튜디오 밖으로 나와 펑펑 울던 선생님은 녹음을 중단하고, 그다
음날 울음 섞인 목소리로 녹음을 마쳤다고 해요.

선생님의 진심 어린 노래는 사람들의 마음을 울렸습니다. 훗날
저를 포함해 많은 후배 가수들에 의해 다시 불렸어요. 1998년에
는 악극으로 제작되어 세종문화회관에서 초연되었을 때 24회 전
회 매진이라는 놀랄 만한 기록을 세웁니다.

불러봐도 울어봐도 못 오실 어머님을
원통해 불러보고 땅을 치며 통곡해요
다시 못 올 어머니여 불초한 이 자식은
생전에 지은 죄를 엎드려 빕니다

손발이 터지도록 피땀을 흘리시며
못 믿을 이 자식의 금의환향 바라시고
고생하신 어머님이 느디어 이 세상을
눈물로 가셨나요 그리운 어머니

북망산 가시는 길 그리도 급하셔서
이국에 우는 자식 내 몰라라 가셨나요
그리워라 어머님을 끝끝내 못 뵈옵고
산소에 엎드려져 한없이 웁니다

3절에서 "이국에 우는 자식 내 몰라라 가셨나요."는 원래 작사되었을 때에는 "청산의 진흙으로 변하신 어머니여."였다고 합니다. 바다 건너 일본에서 어머니의 타계 소식을 들은 진방남 선생님은 그 자리에서 가사를 바꿔 불렀습니다. 고향을 떠나는 아들을 배웅하기 위해 마산역에서 손을 흔들어주던 어머니를 떠올리며 열창했을 선생님의 마음이 애절하게 전해집니다.

독일의 속담에 "한 아버지는 열 아들을 키울 수 있으나 열 아들은 한 아버지를 봉양키 어렵다."는 말이 있습니다. 자식의 효성이 아무리 지극해도 부모님에게는 미치지 못한다는 말이지요. 이 노래와 함께 어머니의 품을 떠올리며 소중한 기억을 곱씹어보면 좋겠습니다.

불효자는 웁니다

발표된 지 한참 지난 노래들이

많은 공감을 얻는 것은 그 시절을 직접 겪었거나,

그 아픔을 간직한 채 노래를 부르시던

우리 부모님의 모습이 기억나기 때문이겠지요.

강산을 몇 번이나 바꿀 만큼

세월은 흘러갔지만 부모님에 대한 사랑,

옛 사랑에 대한 아련한 추억,

떠나온 고향에 대한 그리움은

여전히 우리를 눈물짓게 합니다.

일상을 털고 바람처럼
떠나고 싶은 날

방랑시인 김삿갓 | 1955

'KBS 가요무대'에서 오랜만에 명국환 선배님의 얼굴을 뵙고 정말 반가웠습니다. 선생님은 1957년에 실시한 가수 인기투표에서 현인 선생님에 이어 2위를 차지할 정도로 인기를 한 몸에 받았던 대스타였습니다. 3위가 남인수 선생님이었다고 하니 어느 정도 짐작이 가지요. 명국환 선배님은 1954년 '백마야 우지 마라'라는 곡으로 데뷔하신 후 '아리조나 카우보이', '학도가', '희망가', '방랑시인 김삿갓' 등의 히트곡을 발표했습니다.

당시에는 역사 속 인물을 소재로 한 노래가 흔치 않았음에도 불구하고 '방랑시인 김삿갓'은 큰 인기를 얻었습니다. 이후에 김삿갓의 이야기를 소재로 한 노래, 영화, 소설 등이 발표되면서 김삿갓이 우리에게는 무척 친숙한 이름으로 자리 잡게 되지요.

김삿갓의 이야기를 하려면, 조선 후기 순조 때인 1811년으로 거슬러 올라가야 합니다. 당시는 부정부패가 판을 치던 시기였습니다. 세금을 내고 나면 먹고살 돈이 없었고, 관직을 얻으려면 뇌물을 주는 것이 관례였지요. 참다못한 농민들이 난을 일으키고 평안도를 중심으로 봉기하게 되는데 이 사건이 '홍경래의 난'입니다.

농민들이 세력을 확장하는 과정에서 선천부사宣川府使로 있던 무신 김익순은 봉기군에 투항하게 되는데, 이 인물은 노래의 주인공인 김삿갓 즉, 김병연의 친할아버지입니다. 당시 김병연은 겨우 5세였는데 조부가 반역죄를 저질렀으니 가문이 멸족을 당할 위기에 처합니다. 간신히 하인의 도움을 받아 황해도로 도피해 목숨을 건집니다.

김병연은 20세가 되던 해인 1826년에 과거에서 장원급제합니다. 그의 소식을 들은 어머니는 이상하게도 기뻐하는 대신 서럽게 울지요. 시험 문제가 김익순의 죄를 논하는 것이었기 때문입니다. 자신의 조부가 김익순인 것을 몰랐던 그는 "한 번 죽은 것으로는 부족하니 만 번은 죽어야 마땅하다."고 신랄하게 비판했습니다.

뒤늦게 가정사를 알게 된 김병연은 조상을 욕보였다는 절망에 빠져 삿갓을 쓰고 방랑하는 삶을 살게 됩니다. 죽기 전까지 35년의 세월 동안 전국 각지를 떠돌아다녔다고 합니다. 김삿갓은 방랑 생활을 하며 1,000여 편에 달하는 풍자시를 남겼는데요. 강원도 영월군에는 '김삿갓면'이라는 지명이 있을 정도로 후대로부터 존경받게 됩니다.

죽장에 삿갓 쓰고 방랑 삼천 리
흰 구름 뜬 고개 넘어가는 객이 누구냐
열두 대문 문간방에 걸식을 하며
술 한 잔에 시 한 수로 떠나가는 김삿갓

세상이 싫던가요 벼슬도 버리고
기다리는 사람 없는 이 거리 저 마을로
손을 젓는 집집마다 소문을 놓고
푸대접에 껄껄대며 떠나가는 김삿갓

방랑에 지치었나 사랑에 지치었나
괴나리봇짐 지고 가는 곳이 어데냐
팔도강산 타향살이 몇몇 해던가
석양 지는 산마루에 잠을 자는 김삿갓

불행히도 이 노래는 일본 노래를 표절했다는 의혹이 제기되어 1965년에 금지곡으로 지정됩니다. '아사타로즈키요淺太郎月夜'라는 노래를 들어보면 상당히 흡사하다고 느낄 수 있는데요. 1987년에 많은 금지곡이 해금될 때에도 이 노래는 불명예를 씻지 못하고 해금 대상에서 제외되고 말았습니다. 노래에 대한 평가보다는 우리 역사의 일부분으로써 다음 세대에 전해지길 바라는 마음으로 이 노래를 소개하고 싶었습니다.

이 곡은 '주현미TV'에서 가장 많은 조회 수를 기록한 곡이에요. 사실 '방랑시인 김삿갓'이 이렇게 많은 관심을 받을 줄은 몰랐는데요. 저도 이 노래를 부르면서 원곡을 다시 공부해야 했을 정도로 부를 기회가 거의 없었던 곡입니다. 정확한 가사와 멜로디도 모르고 지내다 이번 기회를 통해 다시 배우게 된 노래랍니다.

'방랑시인 김삿갓'이라는 제목이 참 재미있지 않나요? 사랑하는 어머니, 헤어진 연인이 아니라 역사 속의 특정 인물을 노래하고 있잖아요.

아담한 키에 늘 중절모를 쓰고 노래를 부르시는 명국환 선배님은 방송 무대에서 만날 때마다 온화한 미소로 반갑게 맞아주곤 하셨어요. 노래를 원곡대로 정확하게 부르려고 노력하시던 모습이 기억납니다. 2013년에는 최백호 선배님과의 인연으로 한명숙,

안다성 선배님들과 함께 '청춘! 그 아름다웠던 날들…'이란 타이틀의 앨범도 발표했지요.

　작은 무대에서도 꾸준히 대중들과 소통하며 노래하는 모습은 후배들에게 귀감이 되고 있습니다. 긴 세월을 살아온 '명곡'이 있고 그 노래를 부른 원곡 가수가 지금까지 활동하고 있는데도 정작 노래할 수 있는 무대가 많지 않다는 현실이 참 가슴 아프네요. 선배 가수들을 만날 수 있는 다양한 무대가 만들어지면 참 좋겠습니다.

방랑시인 김삿갓

금강에 흐르는
슬픈 전설

백마강 | 1954

충남 부여 부근을 흐르는 금강 하류의 약 16킬로미터 구간을 백마강이라고 부릅니다. 이 강에는 슬픈 전설이 있는데요. 당나라 장수 소정방이 백제를 치려 할 때마다 이 강을 건너려 하면 폭풍이 휘몰아쳐 당나라 군사의 배를 삼켜버렸다고 해요. 소정방은 무왕이 용으로 환생해 백제를 지키려 한 것이라 생각했고, 이때 백마를 미끼로 던져 용을 낚았다고 합니다. 이때부터 백마강이라고 불렸다고 하지요.

그러나 역사적으로 백제 사람들이 말을 큰 존재로 여겼다는 점을 감안하면 백마강을 '백제에서 세일 큰 상'이라는 의미에서 이름 붙였다고 보는 것이 옳을 것 같습니다. 백마강은 일본, 신라, 당나라 등과 교역하던 무역의 중심지였습니다.

660년에는 신라와 당이 연합한 나당 연합군에 의해 백제가 패 망하고 삼천궁녀가 슬픔을 이기지 못해 백마강으로 몸을 던졌다 는 이야기는 많은 분이 알고 계실 것입니다. 계백 장군은 최후의 전투에서 결사대를 조직하고 나당 연합군에 대항해보지만 소정 방이 이끄는 13만 명의 대군을 이긴다는 것은 불가능한 일이었어 요. 결국 계백과 그의 군대는 드넓은 황산벌에서 마지막 남은 한 명까지 용맹하게 싸우다 전사했지요. 이후 의자왕은 웅진으로 피 신했다가 결국 당나라에 포로로 끌려가 죽음을 맞이합니다.

백마강에 고요한 달밤아
고란사의 종소리가 들리어오면
구곡간장 찢어지는 백제 꿈이 그립구나
아 달빛 어린 낙화암의 그늘 속에서
불러보자 삼천궁녀를

백마강에 고요한 달밤아
철갑옷에 맺은 이별 목 맺혀 울면
계백장군 삼척검은 님 사랑도 끊었구나
아 오천 결사 피를 흘린 황산벌에서
불러보자 삼천궁녀를

백마강에 고요한 달밤아

칠백 년의 한이 맺힌 물새가 날며

일편단심 목숨 끊은 남치마가 애달프구나

아 낙화 삼천 몸을 던진 백마강에서

불러보자 삼천궁녀를

'백마강', '페르샤 왕자', '마음의 부산항구' 등의 노래를 부르신 허민 선생님은 1950년대를 풍미한 가수였음에도 불구하고 출생이나 본명에 대해 알려진 것이 없습니다. 격동의 시기를 거치면서 자료를 보존하지 못했기 때문입니다.

2010년 대중음악연구가 김종욱 씨가 밝혀낸 바에 따르면 허민 선생님의 본명은 허한태이고, 외동딸인 허경자 씨가 현재 부산에 거주하고 있다고 합니다. 1929년에 출생해서 1974년 돌아가셨다고 해요. 1950년대 초 남조선 콩쿠르대회에서 2위로 입상하며 가수로서 활동을 시작한 선생님은 휴전 직후인 1954년 '백마강'을 수록한 앨범을 발표하게 됩니다.

당시 극심한 경영난 때문에 고심하던 도미도레코드의 한복남 선생님은 긱시기 손로원 신생님에게 터브골을 보내 '백마강'을 기획합니다. 허민 선생님의 노래로 발표된 '백마강'은 대성공을 거두어 도미도레코드는 경영난을 탈출하고, 허민 선생님은 일약 스타 가수로 발돋움하지요.

　백제의 멸망과 삼천궁녀의 절개를 다룬 노래는 이 노래 말고도 여럿 있었지만, 부여의 구드래공원에 가면 '백마강'의 노래비만을 찾아볼 수 있습니다. 오랫동안 기억되는 곡들은 어떤 매력을 가진 것일까요? 눈을 감고 노랫말 한 구절, 한 구절을 곱씹어가며 감상하면 알 수 있을 것 같습니다.

백마강

조선인은 한때
엽전으로 불렸소

엽전 열닷 냥 | 1955

한복남이라는 이름이 다소 낯설게 느껴지는 분들도 있겠지만, 가수로서, 작곡가로서, 또 오케레코드의 사장으로서 한복남 선생님을 표현하는 수식어는 무척이나 많습니다. 평안남도 안주에서 양복점을 운영하다 해방 후 월남해 가수로 변신한 한복남 선생님의 인생은 파란만장했어요.

선생님은 일제로부터 해방되자 공산치하를 거부하고 1946년 가족들과 함께 남한으로 내려와 서울에 정착합니다. 그곳은 종로 3가에 있던 단성사에서 돈화문 쪽으로 가다 보면 나오는 와룡동의 길가 양복짐이있다고 해요. 밝고 넝랑한 성격 덧에 주위 이웃들과도 돈독하게 지내며, 공짜로 양복을 만들어 선물하기도 했다고 전해집니다.

해방 후 6·25전쟁이 일어나기 전까지 종로는 서울의 중심이었고, 사람들로 항상 붐비던 곳이었습니다. 밤이면 종로사거리부터 종로3가까지 야시장이 열렸고 시골에서는 이 광경을 보기 위해 단체로 관광을 오기도 했어요. 잡화점부터 풀빵 장사, 장난감 장사, 만병통치약까지 없는 게 없던 종로는 지금도 그 시절 간판을 심심치 않게 찾아볼 수 있습니다.

당시 종로2가에는 큰 악기점이 있었는데 훗날 근처에 많은 악기점들이 생겨나고 1979년에 탑골공원 정비 사업을 벌이면서 근방에 있던 악기점들을 한곳에 모은 것이 현재 낙원상가가 되었습니다.

한복남 선생님은 양복점 운영에 만족하지 못한 것일까요? 가수로서 첫발을 내딛기 위해 수소문한 끝에 김해송 선생님의 KPK악단 오디션을 보게 되고 정식으로 데뷔를 준비합니다. 그 당시 을지로3가 근처에는 일본 자본으로 만들어진 약초극장이 있었는데, 1946년 수도극장으로 이름을 바꾸었다가 1962년에는 스카라극장으로 이름을 바꿉니다.

KPK악단의 공연이 있던 날, 한복남 선생님은 수도극장 무대에서 그 유명한 '빈대떡 신사'로 데뷔합니다. 기록을 살펴보면 선생님의 데뷔가 1943년이라고 적혀 있는데요. 1946년에 오디션을 준비한 것으로 보아 정식 데뷔는 1947년으로 보는 것이 맞다고 생각됩니다. 처음 '빈대떡 신사'가 앨범으로 발표된 것도 1947년 아세아레코드를 통해서였거든요.

한복남 선생님은 6·25전쟁이 발발하자 부산으로 피난을 가 도미도레코드를 설립합니다. 이렇게 도미도레코드는 1950년대를 대표하는 레코드 사로서 많은 가수와 히트곡들을 배출합니다. 음악 교육을 따로 받지 않았음에도 불구하고 타고난 감각으로 작곡가로서도 꾸준히 활동합니다. 황정자 선생님의 '처녀 뱃사공', '오동동 타령', '봄바람 님 바람', 김정애 선생님의 '앵두나무 처녀', 손인호 선생님의 '한 많은 대동강', '짝사랑' 등을 작곡하며 1세대 작곡가로 입지를 다지게 됩니다.

그중에서 1955년 도미도레코드에서 발표된 '엽전 열닷 냥'은 한복남 선생님이 싱어송라이터로서 독보적인 인물이라는 것을 증명하는 앨범이라고 할 수 있습니다. '엽전'은 우리 국민들이 스스로를 비하하며 쓰던 단어라고 전해지는데, 굳이 제목에 이 말을 붙인 이유가 무엇일까요?

조선시대 국중 내 발행한 '상평통보常平通寶'는 '늘 같은 가치로 널리 사용되는 보배'라는 뜻이 담겨 있는 우리나라의 화폐였는데요. 조선 말기에 국가의 재정이 궁핍해지자 주조를 남발해 상평

통보의 가치가 급락하게 되고, 개항 이후 외화가 유입되면서 엽전은 그야말로 보잘 것 없는 물건으로 전락하고 맙니다. 변해가는 세상 물정에 따라가지 못하고 융통성 없게 대처하는 조선인들을 스스로 '엽전'이라고 비하한 것이 1980년대까지 이어졌다고 합니다.

'엽전 열닷 냥'은 이런 부정적인 의미를 오히려 반어적으로 표현해 밝게 풀어낸 노래라고 할 수 있습니다. 노랫말을 살펴보면 조선시대에 한 선비가 과거 시험을 보러 가는 내용입니다.

> 대장군 잘 있거라 다시 보마 고향 산천
> 과거 보러 한양 천 리 떠나가는 나그네에
> 내 낭군 알성급제 천 번 만 번 빌고 빌며
> 청노새 안장 위에 실어주던
> 아 엽전 열닷 냥
>
> 어젯밤 잠자리에 청룡 꿈을 꾸었더라
> 청노새야 흥겨워라 풍악 따라 소리쳐라
> 금방에 이름 걸고 금의환향 그 날에는
> 무엇을 향자에게 사서 가리
> 아 엽전 열닷 냥

한 남자가 마을 어귀에 서 있는 대장군 장승을 돌아보며 한양으로 시험을 치르러 떠납니다. 당나귀에 몸을 실은 낭군을 떠나보내는 여인 향자는 노잣돈으로 엽전 열닷 냥을 건네줍니다. '냥'이라는 단위는 꽤 커서 1전짜리 엽전이 100개가 한 냥, 그러니까 1,500개가 모여야 엽전 열닷 냥이 되는 것이지요. 현재의 화폐 가치로는 150~300만 원 정도라고 합니다.

1절의 '알성급제謁聖及第'라는 말은 과거시험에서 합격한다는 뜻으로, 그야말로 인생 역전을 뜻합니다. 2절에는 '금방金榜'이라는 단어가 등장하는데, 이 또한 과거시험과 관련된 것으로 조선시대에 소식을 알리기 위해 벽이나 문에 붙이던 방榜 중에서 과거에 급제한 사람의 이름을 써서 알리는 것을 금방이라고 불렀습니다.

이 노래를 만들 무렵에는 아직 사법시험이 등장하기 전이라, 1963년 사법시험이 시행된 후에 노래를 만들었다면 제목이 바뀔 수 있겠다는 재미난 상상을 해봅니다. 우리가 현실에서는 마주할 수 없는 먼 옛날의 이야기지만, 지금 보아도 흥겹고 공감이 가는 대목이 많습니다. 같은 정서를 가지고 이 땅에 살아온 것 때문 아닐까요.

제기 데뷔한 초창기에 한복님 신생님을 무내에서 뵌 직이 많았어요. 하루에도 몇 개의 무대를 소화해야 했던 참 바쁜 시기였지요. 하루는 한복남 선생님이 '빈대떡 신사'를 부르는 동안 무대 옆에서 제 차례가 오기를 기다리고 있었습니다. 제 다음 스케줄에 늦지 않으려면 빨리 무대에 올라가야 했던 상황이었어요. 그런데 선생님께서 마지막 곡을 끝내고는 고개 숙여 인사하며 마이크에 "앙코르!"라고 외치시지 뭐예요. 그 모습이 어린 저에게는 야속해 보였습니다. 그때는 뭐가 그리 속상했는지 모르겠지만 지금은 재미있는 추억이 되었네요. 오히려 자신의 노래를 사랑하고 무대를 소중하게 생각하셨던 선생님의 생전 모습이 그립기만 합니다.

엽전 열닷 냥

피리를 불어주마
울지 마라 아가야

아주까리 등불 | 1941

1941년 발표된 최병호 선생님의 '아주까리 등불'은 'KBS 전국노래자랑'의 진행자이신 송해 선생님의 애창곡으로 알려져 있습니다. 지금은 아주까리라는 이름조차 낯설지만, 등유 대신 아주까리 기름에 등잔불을 밝히며 책장을 넘기던 추억이 있는 분도 있을 거예요.

'아주까리 선창', '아주까리 수첩' 등 아주까리라는 이름이 노래 제목으로 자주 사용된 것으로 보아 과거에는 사람들에게 친숙한 물건이었던 것 같습니다. 아주까리는 '피마자'라고도 불리는 풀의 열매로, 기름을 만들어 사용하기도 하고 재봉틀에 윤활유로도 썼다고 해요. 또 설사약이나 피부약으로도 쓰였다고 합니다. 지금은 좋은 기름과 약재들로 대체되었지요.

최병호 선생님의 가수 데뷔 전 행적에 대해서는 크게 알려진 바가 없는데, 이난영 선생님의 오빠인 작곡가 이봉룡 선생님과의 친분으로 가수의 꿈을 키웠다고 전해집니다.

1916년 전라남도 무안에서 태어난 선생님의 본명은 최재련으로, 1940년에 가수로 데뷔하면서 최병호라는 예명을 사용하기 시작했습니다. 1940년 5월 오케레코드에서 주최한 콩쿠르에서 입선하면서 정식으로 앨범을 발표하고 가수 활동을 시작하는데요.

'십 년이 하룻밤'이라는 데뷔곡을 낸 이듬해인 1941년 2월 '아주까리 등불'을 발표하며 크게 히트합니다. 이후 '사면초가', '황포 돛대' 등 곡을 연이어 발표하면서 인기 가수로서의 위치를 확고히 다지게 되지요. 2년간 무려 20곡에 가까운 노래를 발표했습니다.

저음과 고음을 편하게 넘나드는 기교에 시원시원한 창법은 노래를 더욱 돋보이게 하는데요. 마네킹처럼 꼿꼿이 서서 노래하시는 특이한 자세 또한 최병호 선생님을 상징하는 이미지가 되었습니다. 선생님은 조선악극단에 소속되어 활동하기도 했고, 광복 직전에는 일본으로 징용에 끌려갔다가 미친 사람인 척 행동해서 무사히 빠져나올 수 있었다고 합니다. 광복 이후에는 김해송 선생님의 KPK악단에서 활동했고, 1950년 국도악극단으로 소속을 옮기게 되는데, 중간에 무궁화악극단, 박시춘악단 등의 무대에 출연하기도 했습니다.

피리를 불어주마 울지 마라 아가야
산 너머 고개 너머 까치가 운다
고향 길 구십 리에 어머니를 잃고서
네 울면 저녁 별이 숨어버린다

노래를 불러주마 울지 마라 아가야
울다가 잠이 들면 엄마를 본다
물방아 빙글빙글 돌아가는 고향 길
날리는 갈대꽃이 너를 부른다

방울을 울려주마 울지 마라 아가야
엄마는 돈을 벌러 서울로 갔다
바람에 깜빡이는 아주까리 등잔불
저 멀리 개울 건너 손짓을 한다

이 곡은 3절로 이루어졌다고 전해집니다. 음반번호 K5034로 오
케레코드에서 발매된 앨범이 확인되지만, 오리지널 음원은 찾아
볼 수가 없네요. 이후에 월북 작가의 작품이라는 이유로 개사되

면서 2절로 된 노래로 알려지게 됩니다.

> 피리를 불어주마 울지 마라 아가야
> 산 너머 아주까리 등불을 따라
> 저 멀리 떠나가신 어머님이 그리워
> 네 울면 저녁 달이 숨어버린다
>
> 자장가 불러주마 울지 마라 아가야
> 울다가 잠이 들면 엄마를 본다
> 물방아 빙글빙글 돌아가는 석양 길
> 날리는 갈대꽃이 너를 찾는다

　노래의 가사를 천천히 들여다보면 엄마를 잃고 영문도 모른 채 울고 있는 아기의 모습이 그려집니다. 할머니는 아기를 달래보려 노래도 불러주고 방울도 흔들어주는데요. 마치 울고 있는 아기와 대화하듯 들려주는 가사에서 더욱 깊은 슬픔이 느껴집니다. 아주까리 등잔불 아래에서 울고 있는 아기의 이야기는 일제 치하에 놓인 우리 국민들의 눈시울을 적셨고 엄마를 잃은 슬픔은 고스란히 우리의 이야기가 되었습니다.

　이제 아주까리 등불은 찾아볼 수 없지만, 노래 속 이야기를 통해 지난 시절 우리의 모습을 그려봅니다. 아픔 속에서 눈물로 세월을 달랬던 우리 부모님의 마음은 어땠을까요? 지금 우리는 화려한 불빛 아래서 지내지만 등잔불 아래 희미해진 기억은 시간이 흘러도 마음속에 간직될 것입니다.

아주까리 등불

아주까리 등불은 찾아볼 수 없지만,

노래를 통해 지난 시절 우리의 모습을 그려봅니다.

아기는 엄마를 잃은 것을 아는 것인지

밤새도록 서럽게 우는데요.

그런 아이를 달래는 할머니의 마음은 어땠을까요?

등잔불 아래 희미해진 기억들은

시간이 흘러도 우리의 눈시울을 적셔옵니다.

한 송이 눈을 봐도
고향 눈이요

고향설 | 1942

1940년 2월 태평레코드에서 발매된 '나그네 설움'은 '번지 없는 주막', '대지의 항구'와 함께 백년설 선생님의 3대작으로 손꼽히는 노래입니다. 남인수, 이난영 선생님이 속해 있던 오케레코드에 비해 상대적으로 규모가 작았던 태평레코드는 '나그네 설움'이 출시되고 2개월 만에 10만 장이 넘는 판매고를 올리면서 순식간에 대형 회사로 성장합니다. 동시에 '남인수 대 백년설'이라는 라이벌 구도가 형성되고, 양대 레이블 간에 경쟁이 시작되지요.

1년에 한 번씩 히트곡을 연이어 발표하며 승승장구하던 백년설 선생님은 1941년 태평레코드에서 오케레코드로 이석합니다. 당시 음반 업계의 전속 계약 기간이 통상 2, 3년이었다는 점을 감안하면 1938년 가을부터 태평레코드에서 활동했던 백년설 선생님은 전속 계약이 막 끝난 시점이었다고 추측됩니다. 이적 당시 오케레코드에서 지급한 축하금과 계약금이 5,000원이고 월급이 350원이었다고 하는데, 현재 가치로는 최소 계약금 1억 5,000만 원, 월급 1,000만 원 이상인 것으로 환산됩니다.

백년설 선생님은 소속사를 옮긴 후 오케레코드의 여러 작곡가들에게서 곡을 받았는데, 모두 평균 이상의 흥행을 기록합니다. 그중에서도 이봉룡 선생님이 작곡한 '고향설'이 인기를 끕니다. 이 곡은 고향을 잃은 민족의 아픔을 흩날리는 눈에 비유한 아름다운 곡으로 일본, 중국에서도 유명세를 떨칩니다. 전해지는 이야기에 따르면 이 노래를 듣고 복받치는 감정을 추스르지 못해 자살하는 사람이 있었을 정도였다고 하네요.

한 송이 눈을 봐도 고향 눈이요
두 송이 눈을 봐도 고향 눈일세
끝없이 쏟아지는 모란 눈 속에
고향을 불러보니 고향을 외어보니
가슴 아프다

소매에 떨어지는 눈도 고향 눈
뺨 위에 흩어지는 눈도 고향 눈

타관은 낯설어도 눈은 낯익어

고향을 떠나온 지 고향을 이별한 지

몇몇 해던가

눈 위에 부서지는 꿈도 고향 꿈

길 위에 흩어지는 꿈도 고향 꿈

인정은 서툴어도 눈은 정다워

고향을 그려보니 고향을 만져보니

가슴 쓰리다

백년설 선생님의 곡 중에는 유난히 나그네를 소재로 한 노래가 많습니다. '번지 없는 주막' 역시 나그네를 소재로 한 노래입니다. 나라를 잃고 헤매는 우리 민족을 나그네에 비유했지요.

1940년 여름, 이 노래의 작사가이신 박영호 선생님과 태평레코드의 직원들은 백두산 등정에 오릅니다. 궂은 날씨에 가파르고 험준한 등산길이 이어지다가 지친 몸을 쉬어 가려고 한 주막에 들렀다고 합니다. 겨우 비바람을 피할 정도로 엉성하게 지어진 집이었지만, 주막 주인은 나그네들을 극진히 대접합니다.

도토리 술을 한잔 마시며 밖에 내리는 비를 바라보고 있던 박영호 선생님은 노랫말을 적어내려가기 시작했습니다. 그들은 밤새

술잔을 기울이며 대화를 이어갔고 '번지 없는 주막'이 탄생되었습니다. 박영호 선생님은 월북 작가였기에 해방 이후 이 노래가 금지곡으로 지정될 뻔했지만, 처녀림이라는 필명으로 노래가 등록되어서 대중들에게 잊히지 않고 사랑받을 수 있었습니다. 현재는 반야월 선생님이 개사한 것으로 저작권이 등록되어 있습니다.

문패도 번지수도 없는 주막에
궂은 비 내리는 이 밤이 애절쿠려
능수버들 흐늘어진 창살에 기대어
어느 날짜 오시겠소 울던 사람아

석유등 불빛 아래 마주 앉아서
따르는 이별주에 밤비도 처량쿠려
새끼손을 걸어놓고 맹세도 했건만
못 믿겠소 못 믿겠소 울던 사람아

아주까리 그늘 아래 가슴 조이며
속삭이던 그 사연은 불 같은 정이었소
귀밑머리 쓰다듬어 맹세튼 그 시절이
그립구려 그리워요 정녕 그리워

'나그네 설움', '번지 없는 주막', '고향설'. 이 세 곡 모두 정처 없이 헤매는 나그네의 슬픔을 노래합니다. 지금도 우리는 나그네의 삶을 살고 있는 것 같아요. 태어난 곳에서 쭉 살아가는 사람들보다 타향살이를 하고 있는 사람들이 훨씬 많다는 통계가 있지요.

1914년 성주에서 출생한 백년설 선생님은 유독 타향살이의 설움을 많이 노래한 가수입니다. 그래서인지 선생님의 노래는 주로 국외에서 살고 계신 분들이 절절한 사연과 함께 신청하셨습니다.

특히 기억에 남는 분은 타국으로 이민을 떠난 지 13년째인데 고향에 계신 어머니가 보고 싶다고 했습니다. 젊어서부터 자식을 뒷바라지하느라 고생만 하신 어머니가 백년설 선생님을 무척 좋아하셨다고요. 자식 나이가 쉰이 넘어가는데 효도 한 번 제대로 못하니 가슴이 미어진다고 말이지요.

백년설 선생님은 1970년대 말 도미하고 몇 년 뒤 별세하셨기에 저는 만나 뵐 기회가 없었습니다. 하지만 이 노래들을 직접 불러 보면서 참 매력적인 목소리를 가진 가수라는 생각이 들었습니다. 이 명곡들과 백년설 선생님의 보이스는 세월이 지나도 우리 곁에 남아 있을 것입니다.

고향설

 번지 없는 주막

 나그네 설움

삶이 힘들 때
잠시 쉬어가세요

물방아 도는 내력 | 1954

6·25전쟁 직후 1954년에 발표된 '물방아 도는 내력'은 지금까지도 큰 사랑을 받고 있는 곡입니다. 그 당시 우리 국민들의 좌절과 슬픔을 간결하고 소박하게 표현했다는 점에서 공감을 끌어내지 않았을까 생각합니다. 작곡가인 이재호 선생님은 경쾌하고 친숙한 곡으로 사람들의 마음을 매만져주는 분이셨습니다.

모두가 동경하던 서울의 삶, 상경해서 인생 역전을 꿈꾸던 사람이 많던 시절이었습니다. 반면에 벼슬도, 명예도, 서울도 싫다며 고향에서 편안한 삶을 누리고 싶어 하던 사람도 많았습니다. 그 시대상을 반영한 노래들은 고향에 대한 지독한 그리움을 안고 있습니다.

벼슬도 싫다마는 명예도 싫어

정든 땅 언덕 위에 초가집 짓고

낮이면 밭에 나가 기심을 매고

밤이면 사랑방에 새끼 꼬면서

새들이 우는 속을 알아보련다

서울이 좋다지만 나는야 싫어

흐르는 시냇가에 다리를 놓고

고향을 잃은 길손 건너게 하며

봄이면 버들피리 꺾어 불면서

물방아 도는 내력 알아보련다

사랑도 싫다마는 황금도 싫어

새파란 산기슭에 달이 뜨면은

바위 밑 토끼들과 이야기하고

마을에 등잔불을 바라보면서

뻐꾹새 우는 곡절 알아보련다

이 노래를 부르신 박재홍 선생님은 1924년 경기도 시흥에서 태
어나 해방 후 1947년 오케레코드가 주최한 콩쿠르를 통해 가수

로 데뷔했습니다. 선생님은 일제강점기에 태어나 20대 청년기에 6·25전쟁을 겪으며 남북이 갈라지는 것을 볼 때까지 숱한 고초와 슬픔 속에서 노래를 불러야 했습니다.

'울고 넘는 박달재'는 6·25전쟁이 일어나기 직전에 발표되었습니다. 전쟁이 시작되고 부산으로 피난을 간 선생님은 도미도레코드가 '백마강'을 성공시킨 그 해에 이 노래 '물방아 도는 내력'을 발표하면서 인기를 이어가게 됩니다. '물방아 도는 내력'은 물방아라는 단어가 맞춤법 개정을 거치면서 물레방아로 바뀌게 되고, 이후에 발매되는 앨범에는 제목이 바뀌어 표기됩니다. 그래서 지금도 두 가지 제목을 모두 사용하고 있습니다.

1절 가사에는 '기심'이라는 단어가 등장하는데, 우리가 흔히 '길쌈'이라고 잘못 부르고 있습니다. 지금도 이 가사에 대한 의견이 분분하지만, 문맥을 따져볼 때 기심으로 부르는 것이 옳습니다. 길쌈이라는 말은 무명, 모시 등의 직물을 짜는 것을 말하는데 낮에 밭에 나가서 할 일이 아닌 것이지요. '김을 맨다.'는 말은 경상도 방언으로 '기심을 맨다.'고 표현합니다. 여기서 김은 잡초를 뜻합니다.

이 노래가 발표되고 긴 세월이 흘렀습니다. 현실에 쫓겨 살다 보니 지나간 삶이 꿈처럼 아득하게 느껴지네요. 우리에게는 저마다 꿈꾸는 삶의 모습이 있잖아요?

저는 데뷔하고 나서 1년 365일 중 현충일 하루를 제외하고는 매일 노래했어요. 수도꼭지라는 별명이 있을 정도였는데, TV에 채널을 돌릴 때마다 다 나와서 그런 별명을 얻었지요. 정신없이 바쁘게 살다가 문득 엄마의 사랑을 못 느끼고 자라는 제 아이들을 보면서 큰 회의감을 느꼈습니다. 결국 1993년에 아이들과 시간을 보내기 위해 집을 이사하고 휴식을 가졌습니다.

그렇게 10년의 휴식기를 가지는 동안 청계산 자락에서 꽃을 키우고 나물을 캐며 겨울이면 아이들과 눈싸움을 했습니다. 그 시절이 제 인생의 화양연화花樣年華로 기억됩니다. 그 행복한 시간은 지금까지 저를 지치지 않고 노래할 수 있게 해주는 원동력이 되고 있어요.

여러분들은 삶에서 가장 행복했던 시간이 언제였나요? 그 시간이 오기를 기다리고 있나요? 저는 아이들과 행복했던 그때를 떠올리며 자연과 함께하는 삶을 꿈꾸고 있습니다. 자동차 소리, 전기 소리 같은 생활 소음 대신 벌레 우는 소리, 물 흐르는 소리가 들리는 곳을 꿈꿔요. 가끔은 어떤 소음도 없는 곳을 찾아 훌쩍 여행을 떠나기도 하지요.

자연을 벗 삼아 풍류를 즐기며 유유자적하는 삶이 먼 나라 이

●

서울이 좋다지만 나는야 싫어

흐르는 시냇가에 다리를 놓고

고향을 잃은 길손 건너게 하며

봄이면 버들피리 꺾어 불면서

물방아 도는 내력 알아보련다

야기처럼 느껴지나요? 이 노래를 부르며 가사 속에 담긴 삶의 향기와 여유를 느껴보세요. 노래와 노랫말을 감상하면서 우리 모두 잠시나마 작은 위안을 얻기를 바랍니다.

물방아 도는 내력

꽃이 좋아 산에서
사노라네

산유화 | 1956

제가 좋아하는 꽃과 산에 관한 이야기를 조금 더 해보려고 합니다. 학창시절에 한 번쯤은 낭독했을 법한 김소월 시인의 시 '산유화'를 아실 거예요. 꽃이 피고 지는 것을 바라보며 인간으로서 느끼는 숙명을 한 폭의 수채화를 그리듯 표현했다고 생각합니다.

　산에는 꽃 피네

　꽃이 피네

　갈 봄 여름 없이

　꽃이 피네

　산에

산에
피는 꽃은
저만치 혼자서 피어 있네

산에서 우는 작은 새여
꽃이 좋아
산에서
사노라네

산에는 꽃이 지네
꽃이 지네
갈 봄 여름 없이
꽃이 지네

　우리 국민이 가장 사랑하는 시인으로 꼽는 김소월 시인의 시는
가요계에도 큰 영향을 미쳤습니다. 1958년 박재란 선배님이 최
초로 김소월 시인의 '진달래꽃'을 노래로 불렀고, 크게 알려지지
는 않았지만 1968년 최정자 선배님도 '진달래꽃'을 취입했습니
다. 또 1969년 유주용 선배님의 '부모', 정미조 선배님의 우수에
젖은 목소리로 탄생한 1972년 작 '개여울', 또 후배 가수 마야가

다시 부른 '진달래꽃' 등에서 그의 시가 가사로 불렸습니다.

'산유화'는 어떨까요? 가곡으로 알려진 '산유화'는 김소월의 시를 가사로 그대로 쓴 것이고, 남인수 선생님의 '산유화'는 반야월 선생님이 가사를 다시 썼습니다. 1983년에 발표된 조용필 선배님의 '산유화' 또한 가사가 시와는 많이 다릅니다. 이렇게 여러 버전으로 듣다 보니 궁금해집니다. 산유화山有花의 의미는 '산에는 꽃이 있다.'인데, 남인수 선생님과 조용필 선배님의 노래에서는 "산유화야."라고 부르는 가사가 나옵니다.

어떤 이유로 산유화를 마치 이름처럼 부른 것일까요? 혹자는 백합과의 여러해살이풀인 산나리라는 꽃을 산유화라고 주장하지만 크게 신빙성이 없어 보입니다. 학자들은 산에서 피고 지는 모든 꽃을 가리켜 산유화라고 정의합니다. 아마도 김소월 시인의 산유화에 대한 오마주가 아닐까요.

남인수 선생님의 산유화는 선생님의 다른 곡과 비교하여 음악적으로 차이가 큽니다. 왈츠 리듬을 바탕으로 하고 있지만 클래식 가곡을 듣는 듯한 세련된 형태의 음의 전개를 느낄 수 있어요. '조선의 슈베르트' 이재호 선생님은 이 노래를 통해 메시지를 전달하고 싶었던 것 같습니다. 왜냐하면 산유화를 발표할 때 이런 말씀을 남기셨거든요. "이래도 대중가요를 천시하겠는가?"

'번지 없는 주막', '나그네 설움', '꽃마차', '귀국선', '물방아 도는 내력', '불효자는 웁니다' 등 열거하기도 힘들 만큼 많은 히트곡을 작곡했던 이재호 선생님도 이 곡만큼은 자랑하고 싶었나 봅니다. 남인수 선생님 또한 자신의 콘서트에서 '산유화'는 늘 앙코르곡으로 빼놓는 특별한 노래였다고 합니다. 선생님이 그 어느 곡보다 혼신의 힘을 다해 불렀던 노래라고 전해지지요.

산에 산에 꽃이 피네
들에 들에 꽃이 피네
봄이 오면 새가 울면
님이 잠든 무덤가에
너는 다시 피련마는
님은 어이 못 오시는고
산유화야 산유화야
너를 잡고 내가 운다

산에 산에 꽃이 피네
들에 들에 꽃이 지네
꽃은 지면 피련마는
내 마음은 언제 피나

●

학자들은 산에서 피고 지는

모든 꽃을 가리켜 사유화라고 정의합니다.

아마도 김소월 시인의 산유화에 대한 오마주가 아닐까요.

가는 봄이 무심하냐
지는 꽃이 무심하더냐
산유화야 산유화야
너를 잡고 내가 운다

2절의 첫 구절 "산에 산에 꽃이 피네."는 대구법에 따라 "산에 산에 꽃이 지네."로 불러야 맞을 듯한데 이 가사는 남인수 선생님의 오리지널 음원부터 지금까지 변함없이 '꽃이 피네.'로 불려왔습니다. 녹음을 실수 없이 한 번에 끝내야 했던 당시의 기술 문제이거나 우리가 예측하지 못한 작사가의 의도가 있을 수도 있어서 섣불리 판단하기에는 어려운 문제라고 생각됩니다.

노래는 그 곡에 얽힌 이야기나 시대적 배경을 알고 부르면 참 재미있는데요. 김소월 시인의 시를 바탕으로 만들어져서인지 노래가 마치 한 편의 시처럼 다가옵니다. 옛날에는 시를 노래처럼 불렀다고 하잖아요? 이 노래는 시처럼 감상해보는 것이 어떨지 감히 제안해봅니다.

▶ 산유화

살면서 가장 행복했던 시간이 언제였나요?

아니면 그 시간이 오기를 기다리고 있나요?

저는 벌레 우는 소리, 물 흐르는 소리가 들리는 곳에서

아이들과 행복하게 사는 꿈을 꿉니다.

자연을 벗 삼아 유유자적하는 삶이

먼 나라 이야기처럼 느껴지나요?

노래를 부르며 삶의 향기와 여유를 느껴보세요.

여러분이 잠시나마 위안을 얻기를 바랍니다.

4장

추억으로 가는
당신

열아홉 처녀
가슴이 타네요

산처녀 | 1976

1975년, 그러니까 제가 14세 중학생이던 시절에 학교 수업을 마치고 곧장 마장동 녹음실로 향했습니다. 난생 처음 녹음실을 구경한 날이었어요. 헤드폰을 쓰고 마이크 앞에 섰을 때는 모든 것이 신기하고 떨렸습니다. 제가 음악을 시작할 수 있게 이끌어주신 정종택 선생님과 첫 음반을 취입한 날의 기억입니다.

　제가 가수가 될 수 있었던 것은 정종택 선생님과 돌아가신 아버지, 두 분의 신념 덕분이었습니다. 제가 훨씬 더 어렸을 때 외갓집이 있던 김제에서는 오일장이 열리면 꼭 노래자랑대회가 열렸어요. 그때미다 이비지의 강요에 미지못해 무대에 올리가서 유행가를 불렀는데 그게 무척이나 싫었어요. 수줍음을 타는 성격이라 사람들 앞에 서서 노래하는 게 정말 힘들었거든요. 유쾌하지 않

왔던 그 경험이 가수로서 미리 무대에 서는 연습을 했던 셈이 되었지요.

1975년에 발표된 앨범에는 '어제와 오늘', '강변에 서서', '풀피리', '사랑아 그대 꿈길에', '갯마을 처녀' 다섯 곡이 담겨 있습니다. 모든 곡은 제게 노래를 가르쳐주셨던 정종택 선생님께서 만드셨습니다. 초판에는 '어제와 오늘'이 타이틀곡으로 발매되었다가 이듬해인 1976년에 '고향의 품에'를 타이틀곡으로 하여 앨범이 재발매되었습니다. 초판에 수록되었던 곡에 '고향의 품에', '피리 부는 목동', '산처녀', '낙화암' 등이 새롭게 추가되었습니다.

너무 어린 나이에 불렀던 곡이라 그때는 가사의 의미가 무엇인지도 모른 채 잔뜩 긴장한 상태로 스튜디오에 들어갔어요. 그 당시에는 디지털 방식이 아니라 릴 테이프를 돌리면서 녹음했기 때문에 실수하지 않게 최대한 잘 불러야 했어요.

그때 발매된 LP판의 자켓을 본 분들은 아시겠지만, 사진 속 제 머리는 곱슬곱슬한 파마머리 가발을 쓰고 급하게 찍은 것이랍니다. 단발머리 중학생이라는 사실을 숨겨야 했거든요. 앨범에 수록된 곡 가운데 '산처녀'는 차분한 리듬의 트로트 곡입니다.

산까치 울며 날고 밤꽃이 피면
열아홉 산처녀 가슴이 타네요

산딸기 머루 다래 동백꽃 꺾어 주던

서울 가신 우리 님이 오시려나 기다리며

박달재 고개 넘어

님 마중에 가슴 부푼 산처녀라네

뻐꾹새 울며 날고 찔레꽃 피면

수줍은 산처녀 가슴이 타네요

잠자리 호랑나비 돌매미 잡아주던

서울 가신 우리 님이 오시려나 기다리며

박달재 고개 넘어

님 마중에 가슴 부푼 산처녀라네

　가사 중에 "열아홉 산처녀 가슴이 타네요."라는 구절이 있는데 지금 생각해보면 가슴이 탄다는 게 무슨 느낌인지 이해하지 못한 채 노래했어요. 40여 년이 지나서야 다시 부르니 감회가 새롭습니다. 앨범 발매 이후 단 한 번도 무대에서 이 노래를 부를 기회가 없었거든요. 15세의 주현미가 불렀던 노래는 어떤 느낌이었을까 떠올려보시는 것도 재미있을 것 같아요.

　이 노래뿐만 아니라 함께 수록되었던 모든 곡이 그 당시에 불렀을 때와 느낌이 사뭇 다릅니다. 무슨 내용인지도 모르고 불렀던 곡들을 하나씩 꺼내어 불러보면서, 지금에서야 정종택 선생님이 노래를 만든 의중을 어렴풋하게 알 것만 같아요. 이제야 내가 가수가 되었나 싶은 생각도 들고요. 새삼 구구절절 곱씹으며 불러봅니다.

산처녀

노래를 부르면
그리움과 만난다

월악산 | 1976

1986년 제 앨범에 수록된 '월악산'을 아시나요? 작곡가 백봉 선생님과의 인연이 시작된 이 곡은 제가 콘서트 무대에서 빠뜨리지 않고 부르는 곡입니다. 대중가요라는 장르가 자리 잡으면서 특정 지역이나 장소를 노래하는 향토 음악이 발표되기 시작했습니다. 저도 지난 세월 동안 많은 향토 노래들을 불러왔는데요. 한국을 대표하는 향토가요 작곡가이신 백봉 선생님의 고향, 충북 제천에는 이 월악산의 노래비가 세워져 있습니다.

 2010년 11월, 제천시 덕산면 월악리 천년 고찰 신륵사에서 백봉 선생님과 함께 노래비 제막을 축하하며 기뻐하던 것이 엊그제 일처럼 생생합니다. 제천에서는 지금도 매년 여름 백봉 선생님을 기리는 의미의 월악산가요제가 열리고 있습니다.

일반적으로 산 이름에 '악岳' 자가 있으면 등반하기에 험준하다는 뜻이라고 들었습니다. 월악산의 북동쪽으로는 소백산이, 남서쪽에는 속리산이 위치하고 있는데 이 월악산의 봉우리에는 바위로 이루어진 몇 개의 봉우리 석상들이 둘러쳐 있다고 하네요. 가장 높은 영봉은 1,094미터로, 이곳 정상에서 바라보는 충주호가 무척이나 아름답다고 합니다.

신라의 마지막 왕이었던 경순왕은 슬하에 딸 덕주공주와 아들 마의태자를 두었는데, 고려의 태조 왕건이 신라를 합병하는 과정에서 덕주공주를 제천의 덕주사에 감금하고 세 겹으로 성을 쌓아 2만 명의 병사를 주둔시켰다고 합니다.

또한 마의태자는 충주의 미륵사에 감금시켰는데, 이렇게 떨어진 채 갇혀버린 남매는 서로를 그리워하며 덕주공주는 남쪽에 있을 남동생의 모습을 떠올리며 마애불을 조각했고, 마의태자는 북쪽을 바라보며 미륵불을 조각했다고 합니다.

월악산을 등반하다 보면 '하늘재'라는 고개를 만날 수 있어요. 하늘이라는 이름이 무색하게 해발 525미터밖에 안 되는 고갯길이지만 이곳에 오르면 사방이 탁 트인 하늘을 볼 수 있습니다. '우리나라에서 가장 오래된 고갯길'이라는 드높은 명예를 가지고 있지요. 서기 156년 신라 8대 아달라왕이 북진을 위해 닦은 길이라고 전해집니다.

덕주공주와 마의태자가 나라를 잃은 한을 품고 금강산으로 떠날 때에도 이 하늘재를 넘어갔다고 하는데 '월악산' 가사에서는 망국의 슬픔에 하늘을 볼 수가 없어 삿갓을 쓰고 걸어갔다는 구절이 나오네요.

월악산 난간머리 희미한 저 달아

천년 사직 한이 서린 일천 삼백 리 너는 아느냐

아바마마 그리움을 마애불에 심어놓고

떠나신 우리 님을

월악산아 월악산아 말 좀 해다오

그 님의 소식을

금강산 천 리 먼 길 흘러가는 저 구름아

마의태자 덕주공주 한 많은 사연 너는 아느냐

하늘도 부끄러워 짚신에 삿갓 쓰고

걸어온 하늘재를

월악산아 월악산아 말 솜 해다오

그 님의 소식을

산에 얽힌 이야기를 알고 나면 이 노래를 감상하는 데 도움이 될 거라 생각합니다. 참 많은 향토가요 가운데 '월악산'은 데뷔 초 선생님과 함께한 곡이기에 저에게 특별한 의미가 있습니다. 많이 알려지지는 않았지만 데뷔 초창기부터 늘 함께했던 소중한 노래이자 하늘나라에 가신 백봉 선생님과의 많은 추억을 떠올릴 수 있는 노래입니다.

백봉 선생님이 만드신 향토가요 중에는 충북 단양의 소백산을 소재로 한 '소백산'이 있습니다. 이 노래는 2016년 백봉 작곡집에 수록된 곡으로, 현재 단양 군수인 류한우 선생님께서 가사를 써 주셨지요. 이 노래가 저에게는 백봉 선생님과의 마지막 만남이었기에 의미가 남다르게 느껴집니다.

2016년 제가 이 노래의 녹음을 진행할 때 아이처럼 해맑게 웃으며 좋아하시던 백봉 선생님의 모습이 떠오르네요. 사실 이 곡과 함께 수록된 '사랑의 마법사'는 예정에 없던 곡이었는데, 한 곡을 추가로 작업하자고 하셔서 그 자리에서 녹음을 진행하게 되었답니다.

3년 전 함께했던 그 작업이 백봉 선생님과의 마지막 인연이 되었네요. 세월이 흐르면서 우리는 많은 만남과 이별을 반복하지만 그리움이 무뎌지지는 않는 것 같습니다. "나에게 노래는 인생 전체야."라고 말씀하셨던 선생님이 그립습니다. 2016년 7월 31일 74세를 일기로 돌아가신 백봉 선생님의 마지막 노래. 그 마음을 담아 '소백산'의 가사를 함께 나누고 싶습니다.

연화봉 천문대에 별들이 속삭인다
무슨 사연 그리 많아 소쩍새는 슬퍼우나
나는 나는 어쩌라고 어떡하라고
애간장을 녹이느냐
야생초 곱게 피면 맑은 물 계곡을 따라
님과 함께 어화둥둥 사랑을 노래하리
내 사랑 소백산아

안개 걷힌 비로봉에 흰 구름 흘러간다
천년 주목 전설 안고 말이 없는 소백산아
바보온달 평강공주 사연을 안고
단양강은 흐르는데
철쭉꽃 곱게 피면 단양팔경 비경을 따라
님과 함께 어화둥둥 사랑을 노래하리
내 사랑 소백산아 내 사랑 소백산아

월악산

소백산

사랑의 마법사

인생은 한 조각
구름 같은 것

여정 | 2018

2018년 가을에 '여정'이라는 곡을 발표했습니다. 노래의 첫인상은 '가사가 참 예쁘다.'는 것이었어요. '20대에 불렀다면 느낌이 사뭇 다르지 않았을까?' 하는 생각이 들었습니다. '쌍쌍파티' 앨범을 녹음하면서 처음으로 인연을 맺게 된 정주희 선생님이 주신 곡인데요. 당시에는 오르간 연주로 앨범에 참여하셨고, 이후로는 연주자, 작곡가, 편곡가로 지금까지도 왕성한 활동을 하고 계시는, 가요계에선 빼놓을 수 없는 거목 같은 분이지요.

아무리 예쁜 꽃도

세월 가면 지듯이

나도 언젠가 어디론가

구름 따라 흘러가겠지

머물다 가는 인생길에
아쉬움도 있겠지만
가야 할 길 나그네 길
흘러 흘러가는 길

들에 핀 예쁜 꽃도
언젠가는 지겠지
나도 언젠가 어디론가
구름 따라 흘러가겠지

잠시 왔다가 가는 길에
사랑도 있었지만
머나먼 길 가고 없어도
강물은 흘러가겠지

KBS 라디오 '주현미의 러브레터' DJ를 맡아 진행하던 시절, 게
스트로 정주희 선생님이 출연하셨던 적이 있어요. 데뷔 이후 참
으로 오랜만에 뵈어 반갑게 인사를 드렸습니다. 이후 2010년에

는 '그다음은 나도 몰라요'를, 2011년에는 KBS에서 제작했던 프로젝트 음반 '러브레터'에 수록된 첫 번째 곡 '내일 가면 안 되나요'를 함께 작업했지요. 이후 7년이라는 시간이 흘러 다시 함께하게 된 작품이 '여정'입니다.

이 곡은 세월이 흐른 뒤 인생을 돌이켜보며 느끼는 만감萬感을 여정으로 표현한 노래입니다. 빠르게 흐르는 세월이 마치 떠가는 구름과도 같아요. 우리네 인생살이에 무엇 하나 쉬웠던 적이 없었잖아요. 저만치 사라지는 구름에 힘들었던 일들을 실어 보내는 것은 어떨까요? 이 노래를 통해 작은 것에서부터 행복을 찾아보면 좋겠습니다.

여정

아무리 예쁜 꽃도
세월 가면 지듯이
나도 언젠가 어디론가
구름 따라 흘러가겠지

머물다 가는 인생길에
아쉬움도 있겠지만
가야 할 길 나그네 길
흘러 흘러가는 길

들에 핀 예쁜 꽃도
언젠가는 지겠지
나도 언젠가 어디론가
구름 따라 흘러가겠지

바다새의
노래

해조곡 | 1937

우리 역사에 길이 남을 불멸의 여가수 이난영 선생님의 '해조곡'
은 이부풍 작사, 손목인 작곡의 작품으로 1937년에 발표되었습
니다.

'해조곡'은 한국 가요사에서 불후의 명곡이자 일제강점기 최고
의 인기곡으로 꼽히는 '목포의 눈물'이 1935년 오케레코드에서
발매된 지 2년 뒤 같은 작곡가인 손목인 선생님에 의해 만들어진
노래인데요. '해조곡'은 제2의 목포의 눈물이라는 칭호를 얻으며
큰 인기를 끕니다. 같은 해에 발표된 남인수 선생님의 '애수의 소
야곡'보다도 더 흔하게 들을 수 있는 노래였다고 합니다.

해조곡海鳥曲은 말 그대로 바다새의 노래라는 뜻인데, 노랫말에
는 나오지 않는 단어를 제목으로 삼은 이유가 무엇일까요? 시대

적 배경을 살펴보면 1931년부터 1년간 〈동아일보〉에 연재되어 큰 인기를 끌었던 장편소설 《해조곡》의 영향을 받았을 것이라고 추측됩니다.

갈매기 바다 위에 울지 말아요
물항라 저고리에 눈물 젖는데
저 멀리 수평선에 흰 돛대 하나
오늘도 아, 가신 님은 아니 오시네

쌍고동 목이 메게 울지 말아요
굽도리 선창가에 안개 젖는데
저 멀리 가물가물 등대불 하나
오늘도 아, 동백꽃만 물에 떠가네

바람아 갈바람아 불지 말아요
얼룩진 낭자 마음 애만 타는데
저 멀리 사공님의 뱃노래 소리
오늘도 아, 우리 님은 안 오시려나

아득한 수평선을 바라보며 돌아오지 않는 님을 기다리는 한 서린 여인의 삶이 수채화처럼 그려집니다. 혹자는 일제강점기에 잃어버린 조국에 대한 슬픔을 담은 가사라고도 합니다. 어떤 해석이든지 가슴을 저미는 슬픔이 이는 것은 매한가지네요.

이난영 선생님의 비음 섞인 애절한 노랫가락이 여전히 우리에게 감동을 주는 것은 선생님께서 가장 한국적인 창법을 구사하기 때문이 아닐까 하는 생각이 듭니다.

1916년 목포에서 출생한 이난영 선생님은 불우한 환경에서 유년시절을 보내다 1932년 극단 태양극장에 입단하면서 첫 무대 활동을 시작합니다. 이옥례라는 본명에서 이난영이라는 예명으로 쓰게 된 것도 이 시기였습니다.

1933년 태평레코드에서 '시드는 청춘'이라는 곡을 발표하면서 정식으로 가수로서의 길을 걷게 됩니다. 이후 1943년까지 국내 최고의 음반사였던 오케레코드의 간판스타로서 입지를 굳혀 나갔습니다. 1945년에는 '목포의 눈물'이 대히트를 기록하면서 지금까지도 온 국민이 애창하는 노래가 되었지요.

'해조곡'은 이난영 선생님의 노래 스타일을 가장 잘 표현한 곡이라고 할 수 있는데요. 선생님만이 표현할 수 있는 애절함과 아름다움의 극치를 보여주고 있는 작품입니다. 사실 이난영 선생님의 노래는 그 영역이 전통가요를 넘어 여러 장르로 승화되곤 했는데, 1939년 발표된 '다방의 푸른 꿈'은 지금 들어도 세련된 재즈 스타일의 곡입니다.

선생님은 1965년 4월 11일, 49세의 나이로 서울 회현동에서 돌아가셨지만 선생님의 아름다운 노래들은 지금도 우리 곁에 있습니다. 주옥같은 노래들은 우리에게 유산으로 남아 세월을 뛰어넘는 잔잔한 감동으로 다가옵니다.

해조곡

환희에 빛나는
숨 쉬는 거리

감격시대 | 1939

1918년 일제 치하의 조선에서 태어나 별다른 음악 수업 한 번 듣지 않았는데도 우리나라 가요 역사에서 '황제'라는 칭호를 받은 가수가 있습니다. 남다른 감성과 넓은 음역대, 독특하면서도 또렷한 창법. 그의 목소리는 후배 세대에게 대중가요 창법의 기준을 제시해주었고, 아직까지도 수많은 그의 노래들이 대중들에게 불리고 있습니다.

앞서 숱하게 언급한 남인수 선생님입니다. 선생님의 인생에 대해서는 여전히 많은 논쟁이 있습니다. 《친일인명사전》에 친일인사로 등재되며 사후에 불명예를 안게 된 것입니다. 다소 민감한 문제라고 볼 수 있지만, 사실만 따져보면 1943년 조명암 작사, 박시춘 작곡의 '혈서지원'이라는 군국가요를 불러 태평양전쟁에 자원하는 징병제를 찬양하는 데 기여했습니다.

이러한 행적이 알려지면서 2008년 경남 진주시는 매년 개최하던 남인수가요제를 폐지하지요. 수많은 히트곡 중에서도 '감격시대'는 그 노랫말 속에 친일과 관련된 내용을 담고 있는지에 대해 의견이 분분합니다.

거리는 부른다 환희에 빛나는 숨 쉬는 거리다
미풍은 속삭인다 불타는 눈동자
불러라 불러라 불러라 불러라 거리의 사랑아
휘파람을 불며 가자 내일의 청춘아

바다는 부른다 정열이 넘치는 청춘의 바다여
깃발은 펄렁펄렁 바람세 좋구나
저어라 저어라 저어라 저어라 바다의 사랑아
희망봉 멀지 않다 행운의 뱃길아

잔디는 부른다 봄 향기 감도는 희망의 대지여
새파란 지평 천 리 백마야 달려라
갈거나 갈거나 갈거나 갈거나 잔디의 사랑아
저 언덕을 넘어가자 꽃 피는 마을로

일제강점기의 슬픈 현실 속에서 이렇게 밝고 희망찬 노래를 불렀다는 사실만으로 친일이라고 주장하는 학자들이 있는가 하면, 군가를 연상시키는 행진곡 풍의 리듬과 트럼펫 소리 때문에 친일가요라고 보기도 합니다. 가사 중에 "희망봉 멀지 않다. 행운의 뱃길아.", "저 언덕을 넘어가자 꽃 피는 마을로."가 일본 제국주의를 정당화시키고 있다는 견해도 있지요.

이와 상반된 견해도 있습니다. 이 노래가 발표되었던 1939년에는 군국가요가 만들어지지 않았다는 주장입니다. 1937년에 군국가요가 발표되었지만 대중들이 외면하자 곧 사라졌고, 태평양전쟁이 시작되는 1941년부터 본격적으로 군국가요가 만들어졌다는 것이지요.

어떤 학자는 이 노래가 발표되던 시기에 오케레코드는 친일 노래를 발매한 적이 없다는 사실을 들어 '감격시대'가 친일가요가 아니라고 주장합니다. 오히려 식민 지배의 아픔을 딛고 곧 다가올 자유를 갈망하는 노래라고 봅니다. 어느 쪽이 옳다고 단정 지어 말할 수는 없지만 간과해서는 안 되는 사실이 있습니다. 이 노래를 지은 작사가가 강사랑 선생님인데요. 어떤 노래든지 작사가의 의도가 담겨 있기에 남인수 선생님의 의도와는 무관한 작품이라는 점입니다.

실제로 1945년 광복 이후 '감격시대'는 다시 큰 사랑을 받으며 온 국민들에게 나라를 되찾은 기쁨을 표현하는 노래가 되었습니다. 고난과 역경을 이겨내면 꽃 피는 마을로 갈 수 있다는 미래 지향적이고 낙관적인 노래니까요. 여러분들은 어떤 희망을 품고 계시나요? 고단하고 바쁜 삶에 지쳐 힘들지만 그 언덕을 넘어 다가올 행복을 향해 조금만 더 기운 내면 좋겠습니다.

▶ 감격시대

꽃 서울은 본디
하루삔이었소

꽃마차 | 1942

1917년 경남 마산에서 태어난 진방남(반야월) 선생님은 1939년 전국 신인 남녀콩쿠르에서 입상하면서 가수가 됩니다. 이듬해에 '불효자는 웁니다'를 발표하면서 인기 가수의 반열에 오르지요. '꽃마차'는 진방남 선생님께는 무척 소중한 의미가 담긴 곡이라고 할 수 있는데요. 가수가 작사에 관여하는 것을 주제 넘는 일이라고 여겼던 당시의 시대적 분위기 탓에 반야월이라는 예명을 짓고 처음 작사가로 데뷔한 곡이기 때문입니다.

우리나라 음악 역사상 가장 많은 히트곡을 작사한 기록을 가지고 있는 선생님은 그 기록만큼이나 다양한 예명을 가지고 있었습니다. 추미림, 박남포, 남궁려, 금동선, 허구, 고향초, 옥단춘, 백구몽 등 그때그때 상황에 맞추어 여러 예명을 사용했다고 합니다.

노래하자 꽃 서울 춤추는 꽃 서울

아카시아 숲속으로 꽃마차는 달려간다

하늘은 오렌지색 꾸냥의 귀걸이는 한들한들

손풍금 소리 들려온다 방울 소리 울린다

울퉁불퉁 꽃 서울 꿈꾸는 꽃 서울

알금삼삼 아가씨들 콧노래가 들려온다

한강물 출렁출렁 숨 쉬는 밤하늘엔 별이 총총

색소폰 소리 들려온다 노랫소리 들린다

푸른 등잔 꽃 서울 건설의 꽃 서울

뾰족 신발 바둑길에 꽃 양산이 물결친다

서울의 아가씨야 내일의 희망 안고 웃어다오

만돌린 소리 들려온다 웃음소리 들린다

   가사를 보면 서울을 노래하고 있는데요, 이 노래의 배경은 원래 중국의 하얼빈이었다고 합니다. 태평레코드 소속 가수와 작곡가들이 만주 순회공연을 떠나 하얼빈에 도착했을 때 느낀 이국정인 정취를 담아 작사한 곡이라고 합니다. 이때는 일본 패망 6년 전인 1939년으로, 당시에는 중국이나 만주에 관한 가사를 부르는 것이 유행이었다고 합니다.

그러나 이 노래는 월북 작가의 작품으로 오인되어 금지곡이 될 뻔하기도 했고, 이데올로기가 대립하던 시절에는 중국을 적성 국가 지명, 그러니까 우리가 중국을 중공이라 부르던 시절에는 금지곡으로 지정되기도 합니다.

결국 반야월 선생님은 해방 뒤 하얼빈과 관련된 단어들을 서울로 바꾸어 노래를 다시 발표합니다. 하루삔은 꽃 서울로, 송화강은 한강물로, 대정금 소리는 만돌린 소리로 바꾸었습니다. 송화강은 백두산에서 시작해 만주를 흐르는 강의 이름이고, 대정금은 가야금과 기타를 섞어 놓은 듯한 일본의 전통 악기입니다. 원래 가사의 흔적은 1절의 '구냥姑娘'이라는 단어에서 찾아볼 수 있는데요. 중국어로 아가씨를 뜻하는 말입니다.

반야월 선생님의 작사 인생은 아무리 얘기해도 모자랍니다. '울고 넘는 박달재', '단장의 미아리고개', '산유화', '산장의 여인', '무너진 사랑탑', '만리포 사랑', '열아홉 순정', '아빠의 청춘', '소양강 처녀' 등 히트곡이 헤아릴 수 없이 많습니다. 전국 곳곳에 선생님의 노래를 기념하는 기념비가 세워져 있고, 2012년 95세의 나이로 돌아가시기 전까지 가수로서 또 작사가로서 많은 활동을 하셨습니다.

일제 말기에 군국가요를 부르고 가사를 써서 2008년에는《친일인명사전》에 등재되었는데요. 돌아가시기 2년 전인 2010년 인터뷰를 통해 "무슨 말을 해도 평계다. 있었던 일이 없어지지는 않는다. 매우 후회스럽고 사죄한다."고 말하며 국민들에게 친일 행적에 대해 사과한 일도 있었습니다. 우리나라 대중음악에 지대한 영향을 미친 분이었기에 그에 대한 냉정한 평가가 계속되고 있습니다. '꽃마차' 역시 만주를 향한 일본 군국주의의 침략 분위기에 편승한 노래라고는 생각하기 힘들 거예요. 뜻하지 않게 서울의 노래가 되어버린 이 노래는 오랫동안 국민들의 애창곡으로 자리매김합니다.

꽃마차

떨어지는 꽃은 강물 위에서
세상을 안다

낙화유수 | 1942

많은 분이 남인수 선생님의 '낙화유수'를 이정숙 선생님의 '강남달'과 헷갈리곤 합니다. 그럴 만한 이유가 있습니다. 1927년 상영된 무성영화 '낙화유수'(1927)의 주제곡으로 쓰인 이정숙 선생님의 '낙화유수'는 1929년 콜롬비아레코드에서 발매되었다가 이후 '강남달'이라는 제목으로 바뀝니다. 10여 년 후 남인수 선생님이 발표하신 '낙화유수'와는 전혀 다른 곡이지요. 하지만 두 곡 모두 3/4박자 왈츠 리듬의 곡이라 혼동하기 쉽습니다.

우리 가요 역사의 초창기인 1920~30년대의 곡들을 살펴보면 의외로 왈츠 곡이 많습니다. '강남달'을 비롯해 '황성옛터', '비렁살이'와 같은 곡들이 모두 3/4박자 왈츠 형태를 띠고 있습니다.

남인수 선생님의 '낙화유수'는 발매 후 엄청난 히트를 기록합니다. 세월의 무상함을 담담하게 받아들이는 희망적인 가사로 영감을 주기도 했거니와 선생님의 인생사를 엿볼 수 있는 곡이라 더욱 인기가 좋았습니다.

선생님이 작고한 후 1967년 그의 일대기를 그린 영화 '이 강산 낙화유수'(1969)가 개봉됩니다. "돈이 많아 돈인수, 여복이 많아 여인수"라고 불릴 정도로 많은 소문을 몰고 다녔던 그였지만, 당대 최고의 가수였던 이난영 선생님에 대한 연모의 정은 평생 가슴에 간직했던 것 같습니다.

10대 시절 목포가요제에서 연상의 여인 이난영 선생님을 만나고 가슴 깊이 사랑하게 됩니다. 그러나 서로 다른 사람을 만나 결혼하게 되고 1958년이 되어서야 우여곡절 끝에 재회하지요. 하지만 운명의 장난이었을까요? 수십 년을 돌아온 긴긴 사랑의 결실은 얼마 가지 못하고 4년 만에 남인수 선생님은 결국 이난영 선생님의 품에서 숨을 거두게 됩니다.

가요 역사에서 빼놓을 수 없는 이름 중 하나가 '낙화유수'의 작곡가인 이봉룡 선생님입니다. 바로 이난영 선생님의 친오빠지요. 이난영 선생님의 두 딸과 이봉룡 선생님의 딸로 구성된 3인조 걸그룹, 김시스터즈는 최초의 한류 걸그룹입니다. 1914년 목포에서 태어난 이봉룡 선생님은 동생 이난영 선생님이 작곡가 김해송 선

운명의 장난이었을까요?

수십 년을 돌아온 긴긴 사랑의 결실은

얼마 가지 못하고 남인수 선생님은 4년 만에

결국 이난영 선생님의 품에서 숨을 거두게 됩니다.

생님과 결혼하게 되면서 그에게 작곡을 배우게 됩니다. 1941년
부터 '선창', '목포는 항구다', '고향설', '아주까리 등불' 등의 노래
를 만들며 작곡가로서 이름을 알리게 됩니다.

그러나 6·25전쟁이 발발하면서 매제인 김해송 선생님이 월북
했다는 소문과 함께 행방불명되자 동생 이난영 선생님을 데리고
부산으로 피난을 떠납니다. 힘든 피난살이 속에서도 여동생과 자
식들을 돌보며 1953년에는 딸과 조카들을 김시스터즈로 데뷔시
킵니다. 이들은 1959년 아시아 걸그룹으로는 최초로 미국 무대
에 진출하지요. 목포에서 상경해 가요계에 이름을 남기고 싶어
했던 그의 이름은 대한민국 가요사에 전설이 되었습니다.

이봉룡 선생님은 남인수 선생님과 곡 작업을 할 때 무척이나 잘
맞았던 것 같습니다. '낙화유수'를 발표한 이후로 두 분은 떼려야
뗄 수 없는 환상적인 콤비로 활약하거든요. 이봉룡 선생님의 작
곡 스타일은 멜로디에 힘이 있고 음의 진행이 뚜렷해 개성이 확
실합니다.

이 강산 낙화유수 흐르는 봄에
새파란 잔디 얽어 지은 맹서야
세월의 꿈을 실어 마음을 실어
꽃다운 인생살이 고개를 넘자

이 강산 흘러가는 흰 구름 속에

종달새 울어 울어 춘삼월이냐

홍도화紅桃花 물에 어린 봄나루에서

행복의 물새 우는 포구로 가자

사람은 낙화유수 인정은 포구

보내고 가는 것이 풍속이러냐

영춘화迎春花 야들야들 피는 들창에

이 강산 봄소식을 편지로 쓰자

　월북 작가들의 작품이 고초를 당했듯 '낙화유수' 역시 금지곡
으로 지정됩니다. 반야월 선생님이 개사해 불러서 노래의 명맥을
겨우 이어가게 되지요. 개사한 가사는 정서가 약간 다르게 느껴
집니다. 제 생각에 원곡에 비해 세월의 흐름을 비관적인 느낌으
로 표현했다고 느껴집니다.

　3절에 등장하는 영춘화는 말 그대로 봄을 맞이하는 꽃입니다.
개나리처럼 노란 꽃을 피우는데 개나리 잎이 4개인 것과 비교하
면 6개의 꽃잎을 가지고 있습니다. 요즘에는 개나리처럼 흔하게
보기는 어렵지요.

　그렇다면 낙화유수落花流水란 말은 어디서 유래했을까요? 직역

하면 흐르는 물에 떨어지는 꽃을 가리킵니다. 세월의 무상함을 이야기할 때 쓰기도 하고, 떨어진 꽃잎과 흐르는 물을 여자와 남자에 비유하여 남녀 간의 애틋한 정을 나타낼 때 쓰기도 합니다. 이 고사성어는 당나라 시인 고변高騈이 지은 시 '방은자불우(訪隱者不遇, 은자를 찾아갔으나 만나지 못하다)'에서 유래했어요.

> 꽃이 떨어지고 물이 흐르니 세상 넓음을 알고
> 술에 반쯤 취하여 한가하게 시 읊으며 홀로 왔다네
>
> 落花流水認天台
> 半醉閑吟獨自來

꽃이 피었다 지고 물이 얼었다 녹는 것은 우리네 인생처럼 덧없이 반복됩니다. 철학적인 가사 속 세월의 야속함은 우리를 눈물 짓게 하지요. 바꿔 생각해보면 졌던 꽃이 다시 피고 겨우내 얼었던 물이 녹고 있다는 긍정적인 의미로 받아들일 수도 있지 않을까요? '낙화유수'를 함께 감상하면서 우리 인생의 의미를 되짚어보는 것은 어떨까요?

▶ 낙화유수

●

꽃이 피었다 지고 물이 얼었다 녹는 것은

우리네 인생처럼 덧없이 반복됩니다.

세월의 야속함은 우리를 눈물지게 차지요.

헤어지던 그 인사가
야속도 하더란다

비 내리는 호남선 | 1956

손인호 선생님의 '비 내리는 호남선'은 우연한 계기로 히트하게
된 곡입니다. 1956년 이 노래를 녹음하는 도중에 반주가 틀렸음
에도 불구하고 대충 넘기고 발표할 정도로 흥행에 별반 기대를
안 했던 곡이라고 해요. 예상대로 발표 직후에는 별로 주목받지
못했습니다. 그런데 그해 5월에 역사에 길이 남을 사건이 발생합
니다.

　이승만 대통령에 대항해 출마한 야당 후보인 해공 신익희 선생
님이 제3대 대통령 선거를 열흘 앞두고 호남선 열차를 타고 가던
중 급사합니다. "못 살겠다. 갈아보자."라는 슬로건을 내걸고 자유
당에 대항해 온 국민의 지지를 받고 있던 민주당 후보가 갑자기
사망하면서, 이미 이루어진 것이나 마찬가지였던 정권 교체는 허

무하게 무산되고 말았습니다. 우연히도 그 사건과 '비 내리는 호남선'의 가사가 절묘하게 맞아 떨어지면서 노래는 대히트하게 됩니다.

목이 메인 이별가를 불러야 옳으냐

돌아서서 피눈물을 흘려야 옳으냐

사랑이란 이런가요 비 내리는 호남선에

헤어지던 그 인사가 야속도 하더란다

다시 못 올 그 날짜를 믿어야 옳으냐

속는 줄을 알면서도 속아야 옳으냐

죄도 많은 청춘이냐 비 내리는 호남선에

떠나가는 열차마다 원수와 같더란다

신익희 선생님이 암살당했다는 소문이 돌면서 노래의 작곡가인 박춘석 선생님, 작사가인 손로원 선생님, 노래를 부른 손인호 선생님까지 줄줄이 경찰에 불려가 취조를 당합니다. 갖은 고초를 겪은 후에 이 노래가 신익희 선생님이 돌아가시기 1년 전에 쓰였다는 증거를 제시하고 나서야 풀려났지요. 신익희 선생님의 사인은 훗날 뇌일혈로 밝혀집니다.

그해 대통령 선거 결과는 이승만이 504만 표, 조봉암이 216만 표가 나옵니다. 무효인 신익희의 투표 수만 185만 표가 나왔으니 얼마나 많은 분들이 그의 죽음을 안타까워했는지 알 수 있지요. 이 노래는 충격과 울분, 의혹에 빠진 대중들에게 신익희 선생님을 추모하는 곡이 됩니다. 창작자도 크게 기대하지 않았던 평범한 곡이었지만, 뜻하지 않게 선거와 맞물리며 전 국민의 애창곡이 되지요.

대중이 의미를 부여하자 완전히 다른 작품으로 거듭난 노래라고 할 수 있습니다. 역사성, 대중성을 중시하는 대중음악의 속성을 잘 드러내지요. 1982년에는 이 노래에 대한 오마주로 김수희 선배님의 대표곡 '남행열차'가 발표됩니다. 인간사만큼이나 노래의 운명도 점칠 수 없는 것 같습니다.

▶ 비 내리는 호남선

님의 바람 살랑 품에
스며드네

봄바람 님 바람 | 1958

1925년, 국내 대중가요는 큰 변화를 맞이하게 됩니다. 축음기가 발명되면서 레코드판이 음악을 전달하는 주요한 수단으로 자리 잡게 된 것이지요. 레코드를 전문적으로 제작, 생산하는 레코드 사들이 생겨나고 우리 전통민요는 편곡 작업을 거친 후 새로운 형태로 진화하기 시작했습니다. 이를 '신민요'라고 부릅니다.

국악에서 쓰는 악기 대신에 서양의 악기들로 반주하고 서양의 음계를 썼습니다. 처음에는 모든 대중가요를 신민요라고 홍보했다가 나중에는 민요의 성격이 강한 노래들만 신민요라고 부르게 됩니다. 처음에는 남인수, 이난영 선생님의 노래도 신민요라 불렀다고 해요. 그 당시에는 우리의 전통민요에 트로트가 접목된 새로운 스타일의 민요라고 이해했지요. 지금은 옛 노래들을 모두 트로트라고 생각하는 경향이 있지만 그때는 대중가요의 개념이 정립되어 있지 않던 시기였습니다.

'봄바람 님 바람'은 신민요 가수로서 크게 주목받았던 황정자 선생님의 노래입니다. 1940년 오케레코드에서 첫 음반을 출시하며 천재 소녀 가수로서 길을 걷나 싶었지만, 데뷔 앨범은 기존의 신민요에 밀려 크게 알려지지 못했어요. 1943년 태평양전쟁에 많은 물자와 인력이 동원되면서 레코드 취입이 중단되는 사태를 맞으며, 결국 황정자 선생님은 1944년 신태양악극단의 단원이 되어 순회공연을 다니게 됩니다.

현인, 신카나리아, 황해, 이인권 선생님 등 스타들이 신태양악극단에 속해 활동했는데, 황정자 선생님은 김용대 선생님과 함께 소년, 소녀 가수로 활약하면서 서로 가까워집니다. 두 분은 중국에서 활동하다가 광복을 맞이한 후 귀국해서 함께 살았다고 합니다. 그렇게 6·25전쟁을 거치고 레코드 제작이 활발해지면서 황정자 선생님은 곡 작업에 매진하게 됩니다.

해방 후 '오동동 타령'을 시작으로 '초립동 맘보', '비 오는 양산', '개나리 순정', '노래가락 차차차' 등을 히트시킵니다. '봄바람 님 바람'도 선생님의 히트곡 중 하나입니다. 물론 우리에게 가장 잘 알려진 곡은 '처녀 뱃사공'일 것입니다.

황정자 선생님은 어려서부터 천재 보컬이라는 수식어를 달고 살았을 정도로 어떤 장르도 잘 소화해냈다고 합니다. 1958년 고명기 작사, 한복남 작곡으로 발표된 이 노래는 처녀 총각의 첫사랑을 예쁘게 표현한 가사에 구성진 곡조와 황정자 선생님의의 꾀꼬리 같은 목소리가 어우러져 큰 인기를 얻었습니다.

꽃바구니 데굴데굴 금잔디에 굴려놓고
풀피리를 불어봐도 시원치를 않더라
나는 몰라 웬일인지 정녕코 나는 몰라
봄바람 님의 바람 살랑 품에 스며드네

삼단같이 치렁치렁 동백기름 검은 머리
천리 춘색 봄바람에 속 타는 줄 모르리
꿈도 많고 한도 많은 열여덟 봄 아가씨
봄바람 님의 바람 살랑 품에 스며드네

아지랑이 가물가물 낮 꿈꾸는 한나절에
질보단상 수민 일굴 어느 쉬세 보이리
안절부절 못하고서 뒷문만 들락날락
봄바람 님의 바람 살랑 품에 스며드네

완연한 봄기운이 느껴질 무렵에 이 애틋하고 다정한 노래 '봄바
람 님 바람'을 들으며 기분 좋은 추억을 떠올려보는 것은 어떨까
요? 황정자 선생님의 기교 넘치면서도 여유 있는 창법은 긴 세월
이 지난 지금도 감탄사가 절로 나오게 합니다.

봄바람 님 바람

아지랑이 가물가물 낮 꿈꾸는 한나절에

칠보단장 꾸민 얼굴 어느 뉘게 보이리

안절부절 못하고서 뒷문만 들락날락

봄바람 님의 바람 살랑 품에 스며드네

신사의 품격을 보여준
위키리의 탄생

눈물을 감추고 | 1966

본명이 이한필인 위키리Wicky Lee 선배님은 미8군 무대에서 가수 활동을 시작했습니다. 1960년 미8군의 공연팀인 '메이크 인 후피 쇼Make in Whoopy Show'에서의 활동을 계기로 1962년에는 정식으로 가수 데뷔합니다. 그전에는 주로 재즈 스탠더드넘버(어느 시대에나 늘 연주되어 온 곡)를 불러 미군들에게 큰 인기를 얻었습니다.

1963년에는 명문대 출신 가수들로 구성된 4인조 그룹 '포클로버스(네잎클로버)'를 결성했는데 최희준 선배님과 '부모'로 잘 알려진 유주용 선배님, '첫 사랑의 언덕'을 불렀던 한국의 냇킹콜Nat King Cole 박형준 선배님들이 그 멤버였습니다. 포클로버스의 1집 앨범에 실린 위키리 선배님의 데뷔곡인 '저녁 한때의 목장 풍경'이 인기를 끌면서 솔로 가수로서 시작을 알리게 되지요.

1966년 옴니버스 앨범인 '홍현걸 작곡집' B면의 첫 번째 곡으로 발표된 '눈물을 감추고'는 '종이배'와 함께 위키리 선배님의 최고 히트곡으로 자리매김합니다. 사실 이 앨범에는 오기택, 최정자, 정미원, 현미, 한명숙 등 당시 쟁쟁했던 선배님들의 곡이 여럿 실렸는데 '눈물을 감추고'가 가장 크게 히트합니다.

눈물을 감추고 눈물을 감추고

이슬비 맞으며 나 홀로 걷는 밤길

비에 젖어 슬픔에 젖어 쓰라린 가슴에

고독이 넘쳐 넘쳐 내 야윈 가슴에 넘쳐 흐른다

눈물을 감추고 눈물을 감추고

이슬비 맞으며 나 홀로 걷는 밤길

외로움에 젖고 젖어 쓰라린 가슴에

슬픔이 넘쳐 넘쳐 내 야윈 가슴에 넘쳐 흐른다

눈물을 감추고

서울대학교 작곡과 출신인 작곡가 홍현걸 선생님은 '녹슬은 기찻길', '꽃집 아가씨' 등의 곡을 발표하면서 한국적인 이지 리스닝 (가볍게 즐길 수 있는 대중음악 장르) 음악을 정착시키는 데 크게 기여합니다. 그 노래 중에서도 우리 기억에 특별하게 남아 있는 노래는 1970년 당시 5세 소녀였던 박혜령 씨의 '검은 고양이 네로'라는 곡인데요, 1995년 남성 듀오 '터보'의 데뷔앨범에서 '검은 고양이'로 리메이크되며 큰 인기를 끌었지요. 사실 원곡은 1969년 이탈리아에서 발표된 동요지만 홍현걸 선생님의 번안과 편곡으로 알려지게 된 노래입니다.

이 노래로 위키리 선배님은 MBC 10대 가수상을 수상합니다. 또한 MBC 창사 5주년 기념 방송이었던 '10대 가수 청백전'에서 인기 가수 10인의 반열에 들었습니다. 이후 우리가 잘 알고 있는 대로 만능 엔터테이너로서의 기질을 발휘하는데요. '동아방송'의 라디오 교통정보 프로그램인 '달려라 위키리'의 DJ를 맡아 활동하다가 1975년에는 TV로 발을 넓혀 그 시절 연예 프로그램의 대명사였던 TBC의 '쇼쇼쇼'에서 정훈희, 정소녀 선배님과 함께 MC로 활약하지요.

'밤하늘의 부르스', '폭풍의 사나이'와 같은 영화에도 출연하면서 그 인기는 절정에 달합니다. 또 1980년 11월부터 'KBS 전국 노래자랑'의 초대 MC로서 5년간 활동하기도 하셨지요. 이후에

뽀빠이 이상용, 고광수, 최선규 선배님을 거쳐 송해 선생님이 배턴을 넘겨받아 오늘날 장수하는 프로그램에 이르렀습니다.

위키리 선배님은 이후 1992년 미국으로 건너가 교민방송 KATV 등에서 활동하시다가 2015년 지병으로 돌아가셨습니다. 선생님의 데뷔곡인 '저녁 한때의 목장 풍경'의 가사를 여러분들과 함께 나누며 고인이 되신 선배님을 기억하는 시간을 보내고 싶습니다.

끝없는 벌판 멀리

지평선에 노을이 물들어오면

외로운 저 목동의 가슴속엔

아련한 그리움 숫네

뭉게구름 저편 산 너머론

기러기 떼 날으고

양 떼를 몰고 오는 언덕길에

초생달 빛을 뿌리면

구슬픈 피리 소리

노래되어 쓸쓸히 메아리치네

쓸쓸히 메아리치네

가버린 그 사람을
못 잊어 웁니다

파도 | 1968

'파도'는 참으로 슬픈 곡입니다. 노랫말이 주는 정서가 그렇기도 하고 이 노래를 부른 배호 선배님의 삶 또한 우리를 눈물짓게 하거든요. 강릉 해안도로를 달리다 보면 주문진 끝자락에서 소돌어촌 마을을 만나게 됩니다.

마을 전체가 소가 누워 있는 형상과 같다고 해서 붙여진 이름입니다. 이곳에는 바위를 만지며 소원을 빌면 아들이 생긴다는 '아들바위'가 있는데요. 바다와 맞닿은 아들바위공원에는 '파도'의 노래비가 세워져 있습니다.

배만금이라는 이름으로 태어나 중학교 시절 배신웅이라는 이름으로 개명한 배호 선배님은 1942년 중국 산둥성에서 출생했습니다. 광복군에서 활동하던 아버지를 따라 1945년 광복 후 고국으로 왔는데, 줄곧 가난에 시달리며 힘든 유년 시절을 보내야 했어요.

인천의 수용소에서 1년을 보낸 후 서울 창신동의 한 적산가옥敵産家屋에 머물며 창신초등학교를 졸업했습니다. 적산가옥은 전쟁 후 버려진 일본인 소유의 주택을 의미합니다. 다시 말해 빼앗긴 재산을 되찾은 것이라고 보는 것이 옳겠네요. 이 적산가옥들은 정부에 귀속되었다가 차차 일반인에게 판매되었는데 그 과정에서 배호 선배님의 가족이 이사한 것으로 추측됩니다.

선배님은 1955년 아버지가 돌아가신 후 부산에서 중학교 시절을 보내다 이듬해 다시 상경하여 외삼촌인 김광빈 선생님의 밑에서 음악 인생을 시작하게 됩니다. MBC의 초대 악단장을 역임하기도 했던 김광빈 선생님의 악단에서 드럼을 연주하며 음악적인 자질을 키우기 시작했고, 이후 12인조 '배호와 그 악단'을 결성하며 낙원동의 프린스 카바레에서 활동합니다.

1963년 21세의 나이에 배호라는 이름으로 가수 활동을 시작하며 데뷔곡 '굿바이', '사랑의 화살'을 발표한 후, 1966년 신장염이 발병해 병석에 누워서 발표한 '누가 울어', '안개 속으로 가버린 사람', '돌아가는 삼각지' 등은 큰 사랑을 받게 되지요. 1967년부터 3년 동안 각 방송사에서 가수상을 휩쓸며 명실공히 당대 최고의 가수로 우뚝 서게 됩니다. 그러나 1971년 29세의 젊은 나이로 '마지막 잎새'를 발표한 후 그 해 11월 우리 곁을 떠나갔습니다.

동숭동 예총회관에서 열린 장례식에는 소복을 입은 여성들로 장사진을 이루었고, 아직까지도 11월이 되면 용산 삼각지역에 있는 '돌아가는 삼각지' 노래비를 찾아 그를 추모하는 팬들이 많다고 합니다. "서양에는 베토벤, 동양에는 배호"라는 말이 있을 정도로 짧은 인생 동안 한국 가요계에 큰 획을 그은 불멸의 가수로 남아 있습니다.

1981년 MBC 여론 조사에서 가장 좋아하는 가수 1위로 선정될 만큼 사후에도 큰 사랑을 받고 있는 배호 선배님은 독보적인 음색과 정확한 음을 구사하며 트로트를 넘어 가요 전반에도 큰 영향을 미쳤습니다. 20세기 미국 음악계의 전설 프랭크 시나트라Frank Sinatra가 한국에서 태어났다면 이렇지 않았을까 생각해봅니다.

부딪쳐서 깨어지는 물거품만 남기고
가버린 그 사람을 못 잊어 웁니다
파도는 영원한데 그런 사랑을
맺을 수도 있으련만
밀리는 파도처럼 내 사랑도 부서지고
물거품만 맴을 도네

그렇게도 그리운 정 파도 속에 남기고

지울 수 없는 사연 괴로워 웁니다

추억은 영원한데 그런 이별은

없을 수도 있으련만

울고픈 이 순간에 사무치는 괴로움에

파도만이 울고 가네

'파도'는 마치 배호 선배님의 인생을 함축적으로 그려낸 노래처럼 느껴지기에 더욱 슬프게 다가옵니다. 원곡에서는 트럼펫이 전주와 간주를 연주하고 있어 쓸쓸한 정서를 더하지요. 바다가 있는 곳이라면 어디라도, 또 어떤 계절이라도 이 노래를 떠올리며 걷고 싶어집니다.

'파도'와 얽힌 수많은 이야기 중에 저를 울린 사연이 있어 소개합니다.

80년대 초반, 제가 20대이던 시절 첫사랑과 함께 송도해수욕장에서 행복한 시간을 보내던 추억이 떠오릅니다. 이루지 못한 사랑에 긴 세월이 지난 지금도 그때를 생각하면 후회가 남네요. 진심을 전하지 못한 채로 서서히 이별하게 되었고, 몇 년 후 그녀가 결혼했다는 소식을 들었습니다. 또다시 시간이 흘러 성격 차이로 이혼했다는 소식을 전해 들으면서 마음이 깨지는 것 같이 아팠답니다. 최근에는 그녀가 병마와 싸우고 있다고 들었는데, '운명이란 이렇게 사람의 마음을 찢는구나.' 한탄하게 되었지요. 슬픈 사랑에 혼자서 술잔을 기울이던 젊은 시절, 늘 즐겨 듣던 배호의 '파도'를 주현미 씨의 목소리로 듣고 싶습니다. 제 마음을 대변해주는 노래 같아 지금도 즐겨 부르고 있답니다. 그 사람이 꼭 건강했으면 좋겠네요.

감히 제가 그분의 마음을 헤아릴 수는 없겠지만, 슬픈 운명, 슬픈 사랑의 마지막은 해피엔딩이 되기를 진심으로 바랍니다. 누군가 "소설책의 마지막 페이지는 책 한 권의 무게와도 같다."는 이야기를 했어요. 거친 파도 같은 인생 속에서 행복의 의미를 단정할 수는 없겠지만 우리 모두의 마지막 페이지는 지나온 삶의 무게를 견디고도 남을 만큼 행복했으면 좋겠습니다.

파도

꽃이 떨어지고 물이 흐르니 세상 넓음을 알고

술에 반쯤 취하여 한가하게 시 읊으며 홀로 왔다네.

슬프게도 선옹은 어디로 갔는지 알 수 없고

붉은 살구꽃과 푸른 복숭아꽃 활짝 피어 뜰에 가득하네.

-고변, 방은자불우

찾아보기

* 유튜브 채널 '주현미TV'에 해당 곡을 검색하면 주현미의 목소리로 노래
를 감상할 수 있습니다.

주현미 TV

글 주현미

트로트의 여왕, 이 시대 최고의 디바

어렸을 때 라디오에서 흘러나오는 이미자의 '동백아가씨'를 듣고 곧잘 따라 불렀다. 11살에 아버지의 손에 이끌려 MBC 이미자 모창대회에 출연해 최우수상을 받았다. 1975년, 중학교 2학년 때 작곡가 정종택에게 노래 레슨을 받으며 가수를 꿈꿨지만 어머니의 반대로 학업에 집중한다. 중앙대 약대를 졸업하고 약국을 개업해 운영하던 중 흘러간 히트곡을 녹음한 앨범 '쌍쌍파티'를 내며 가수로 데뷔한다. 하루 평균 1만 장이 넘게 팔리며 전국적으로 이름이 알려진다.

'비 내리는 영동교'(1985)와 '신사동 그 사람'(1988), '짝사랑'(1989), '잠깐만'(1990) 등 수많은 히트곡으로 당대 연말 가요시상식 대상을 휩쓴다. 1980년대 대한민국 가요계에 새로운 역사를 써내려가며 정통 트로트의 계보를 잇고 있다. 데뷔하고 35년 간 정규앨범 19집을 낸 그녀는 명실상부 한국가요의 살아 있는 역사이자 전설이 되었다.

《추억으로 가는 당신》은 가수 주현미가 한국가요 100년 사를 노래하고 자신의 음악 인생을 들려주는 첫 에세이다. 한국인이 사랑한 명곡들과 그에 얽힌 사연을 써내려갔다. 작품마다 QR코드가 첨부되어 있어 스마트폰 카메라로 코드를 찍으면 유튜브 영상을 통해 주현미의 목소리로 노래를 감상할 수 있다. 때로는 담백하게, 때로는 간드러지는 그녀의 음성은 지난 세월에 대한 향수를 불러일으키며 추억에 빠져들게 한다. 오랜 시간 받아온 사랑에 보답하는 마음으로 이 시대를 힘겹게 살아내고 있는 이들에게 위안을 전한다.

정리 이반석

'주현미밴드' 음악감독, 유튜브 '주현미TV' 프로듀서 및 베이시스트

시끄러운 록 음악에 심취해 있던 10대를 지나 방황의 시기를 거쳐 30대 늦은 나이에 음악의 길을 선택했다. 음악 앞에 선 자신이 부끄럽지 않도록 좋은 음악을 만들고 싶었다. 선배들의 음악을 들으며 받은 감동을 누군가에게 전달할 수 있다면 뮤지션으로서 반은 성공한 것이라 생각했다.

2016년 가수 주현미를 만나 밴드마스터로 지금까지 함께하고 있다. 팬들에게 받은 사랑을 보답하고 싶다고, 잊혀져가는 우리 옛 노래들을 보전하고 싶다고, 그렇게 유튜브 채널을 통해 노래들을 하나하나 기록해가기 시작했다. 함께 노래를 고르고, 원곡이 훼손되지 않도록 그 노래의 본디 형태와 가사를 복원하고, 그것에 얽힌 이야기들을 찾아 나섰다. 누군가 잊고 지냈던 추억의 한 페이지를 열 수 있는 계기가 되기를 바란다.

추억으로 가는 당신

2020년 5월 27일 초판 1쇄

지은이 · 주현미 | 정리 · 이반석
펴낸이 · 김상현, 최세현 | 경영고문 · 박시형

책임편집 · 김유경 | 디자인 · 최윤선 | 그림 · 이보람
마케팅 · 임지윤, 양근모, 권금숙, 양봉호, 유미정
경영지원 · 김현우, 문경국 | 해외기획 · 우정민, 배혜림 | 디지털콘텐츠 · 김명래
펴낸곳 · (주)쌤앤파커스 | 출판신고 · 2006년 9월 25일 제406 – 2006 – 000210호
주소 · 서울시 마포구 월드컵북로 396 누리꿈스퀘어 비즈니스타워 18층
전화 · 02 – 6712 – 9800 | 팩스 · 02 – 6712 – 9810 | 이메일 · info@smpk.kr

ⓒ 주현미(저작권자와 맺은 특약에 따라 검인을 생략합니다)

쌤앤파커스(Sam&Parkers)는 독자 여러분의 책에 관한 아이디어와 원고 투고를 설레는 마음으로 기다리고
있습니다. 책으로 엮기를 원하는 아이디어가 있으신 분은 이메일 book@smpk.kr로 간단한 개요와 취지, 연
락처 등을 보내주세요. 머뭇거리지 말고 문을 두드리세요. 길이 열립니다.